パンツははいておけ

中卒フリーターが
大学進学した話

早乙女かな子
Kanako Saotome

幻冬舎

装画
永田カビ

装丁
長崎 綾
（next door design）

時効ですか、そうですか。

これは、私が未成年のときに、援助交際をしたときのお話。

自分にとって残された、世界で最後の居場所からも追い出された私は、ついさっき会ったばかりのおじさんの前で、堂々とパンツを脱いでいた。

場所は都内ラブホの一部屋。サイケな色調の照明が、私の意識をぎらつかせる。

生まれたままの姿になって目を閉じると、ラブホの寒いぐらいによく効いた空調と、おじさんのイヤらしい目線が全身に纏わりついて、鳥肌が立った。

なんでこんなことになっているのか、もはや自分でもよく分からなかった。

だが、それまでの人生において最底辺にいたそのとき、確かに、自分の中で何かがめらめらと燃え始めていて、ひんやりと冷たいはずの真っ白なベッドに接触している肌が、ちりちりとくすぶっていた。

私、こんなところで、終わらないって。

目次

強くてニューゲーム

私の人生最古の記憶は、薄暗い仏間の片隅ですすり泣いている母親の足の裏を、小さな指でくすぐったこと。

都内郊外にある都営団地の八階、穴だらけの襖《ふすま》がある部屋。その世界が、私の始まりだった。

当時の私は三歳だったが、目の前で肩を震わせている母が、機嫌の悪い父にしたたかに殴られて、こうなっているのだということは容易に想像がついた。ただ、どうしたら母が泣き止むのか分からなかったから、彼女の冷たい足の裏を、小さな指でくすぐった。母は泣きながら私の手を摑《つか》んで、「やめて」とつぶやいた。

私の育ってきた家庭環境はあまり良いものだとは言えなかった。

幼少期から母親と父親の仲がすこぶる悪く、比喩でなく、リアルに椅子やら刃物やらが飛び交う家庭で育った。それも、たまにといった話ではない。私が物心ついた頃から、しょっちゅう繰り返されてきたのだ。

我が家は父、母、兄、私、弟の五人家族だった。母は決して裕福でない農家の出身だったが、努力の末に医師になった真面目で堅実な人間だった。しかし、そんな夢を叶えてもなお、結婚しないことを親戚に咎《とが》められ、そんな周囲を黙らせるために、見合いで出会った父と勇み足で結婚に踏み切った。父は、典型的な昭和の子だくさん家庭の末っ子だった。母と出会った頃は優しくて良い人だったそうだが、結婚すると気が短く、酒癖も悪く、暴力も振るう性格だということが露見し、あまつさえ隠し持っていた借金も発覚したという。

そんな二人の間に最初に生まれたのが、私の兄だった。子どもができたら父もしっかり父親らしくなるだろうという母親の考えのもと作られた子どもだったが、そんなハネムーン期は一瞬で終わり、兄の離乳が終わるや否や、やはり酒と暴力の絶えない生活に逆戻りした。母親はまだ小さい兄を抱えて父の両親の家に駆け込み窮状を訴えたが、「女は我慢だよ」と逆に説き伏せられてしまったという。

父を親らしく更生させるにはどうしたら良いか考えた母は、考え抜いた末、もう一人子どもを儲けることにした。兄が一人ぼっちでいるのが寂しいだろうという理由もあり、経済的にもあともう一人ならば大丈夫だと考えたとのちに成人した私に語った。

そんな大人側の都合で作られたコチラとしてはたまったもんではないし、生まれた本人がこんなことを言うのもおかしな話だが、そんな状況で子どもを増やすべきではないだろう。しかし、当時の母は田舎の両親にも相談できず、父の両親も取り付く島がなく、一人で正常な判断ができなくなっていたのかもしれない。

そして、そのようにして「あと一人なら」と考えたとき、母の子宮に宿ったのは、私と私の弟という二つの命だった。

だが、私たち双子が生まれた後も当然、父は更生などしなかった。

薄暗い仏間で泣いていた母に、私は聞いた。

「ママ、なんでパパと結婚したの？」

母親は涙をすすりながら、答えた。

「あなたは、ちゃんとお勉強ができる人と結婚してね」

幼い私には意味が分からなかったが、たぶん、ウンと答えていたような気がする。ともかく、母は自身の後悔を子どもたちの教訓にしてほしかったようで、「学のある人と結婚しなさい」は、私が成長していくにつれて母の口癖になっていった。

父が高卒だったため、母はその酒癖の悪さや暴力を学歴に結び付け、何かと非難をした。そして、当時は母の存在が世界の全てだったため、私はそれを信じて疑わなかった。兄と弟には、父の姿を反面教師的に語り、「学のない人があああいう風になるの」と日々語った。

　私たちきょうだいは、母の強い信念の下、小さい頃から徹底的な教育を受けてきた。スイミング、塾、体操教室、英会話教室……とにかく教育に良いとされているものは、何でもやらされてきた。週に三日塾に行って、残りの平日は英会話教室やスイミングのどちらかで潰れるといったこともザラではなかった。

　私は男きょうだいがこなしていたそのスケジュールに加え、ピアノと日本舞踊の稽古もあったので、土日など存在しなかった。母は、子どもたちの中でも特に私に対しては並々ならぬ感情を抱いていた。

　自分の子どもの中で、唯一の娘、女の子。いうなれば、自分の分身。

「男並みに」活躍することも忘れてはいけないが、「女の子らしく」もあり、良識のある男性から選ばれる女性になってほしい。そして、自分の二の舞にならないでほしい。私はそんな願いが己の双肩にのしかかっていることに、小学校高学年になる頃には、うっすらと気づき始めていた。

「強くてニューゲーム」という言葉がある。これは一度クリアしたゲームにおいて、クリア後の強いステータス状態を残したままストーリーの二周目を遊べるというシステムである。人生はしばしばゲームに喩えられることがあるが、私の状態はまさにこれだった。

母は自身の人生での過ちを反省材料とし、そこから編み出された最強の教育法とやらを、自分の人生の二周目である私につぎ込んだ。そして、自身が成し得なかった、「女としての幸せ」の実現を、私に託したのだった。

だから、兄と弟が習い事から解放されて、外で鼻水を垂らしながら遊んでいる間も、私だけは母の教えを受けて、料理や編み物に勤しんだ。つまるところ、母は私を息子として、娘として育てたのだった。

強くてニューゲーム、そのために。

仏はいるか

私は、幼いながらに母を喜ばせるのが自分の使命なのだと察知し、母の期待する「いい子」に育とうとしていた。対して弟は、目を離すとすぐに忽然《こつぜん》といなくなる、本当に手がかかる子どもだった。

通っていた幼稚園の遠足では、子ども一人につき保護者一人が付き添うことになっていた。

母は毎年迷わず、弟につくことを選んだ。本当は、少しでもいいから迷ってほしかったが、いい子の私は笑顔で黙っていた。

余った私の手を握って歩くのは、いつも父方の祖母だった。シワだらけの、年を取った、冷たい手。

周りの子たちは、みんな若くてカラフルな洋服を着たお母さんと手をつないでいるのに、私だけ地味なモンペをはいたヨボヨボのおばあちゃんと歩く。今となっては、亡き祖母との数少ない思い出ではあるが、子どもだった私にはそれがひどく恥ずかしく感じられた。

幼稚園最後の年に、私は「なんでいつも私だけママじゃないの」と駄々をこねた。遠足に出る直前だった。

「いつもいい子なのに、どうしてこんなときに聞き分けが悪いの！」

母はぐずる私に癇癪《かんしゃく》を起こした。私は、初めて母を怒らせてしまったことに、ちくりと胸が痛んだ。

いつもいい子にしているからこそ、自分だけが我慢して爆発してしまう。そんな気持ちを母に分かってほしかった。弟だけじゃなくて、私のことも、ちゃんと見てほしかった。

だが、六歳の私はその気持ちを言葉にできなくて、遠足の集合時間ギリギリまで靴を履くのを拒否するということでしか、自分の感情を表現できなかった。

わざわざウチまで迎えに来てくれた祖母の顔を覚えてはいないけれど、面と向かって「おばあちゃん、やだ！」と言ってしまった記憶ははっきり残っている。きっと彼女は、寂しそうな顔をしていたと思う。

結局、幼稚園の三年間、私の遠足の付き添いは祖母だった。幼稚園最後、年長さんの遠足で、私はずっと泣いていた。

そのしばらく後、見かねた祖母が、家に遊びに来ていた私に言った。

「右の肩には自分がした良いことを記録する仏様がいてね、左の肩には悪いことを記録する仏様がいるの」

私は左右の肩を見るが、そこには何もいない。

「何もいないよ」

「見えないけどいるんだよ。お母さんの言うことを聞かないと、左の肩にいる仏様が持っている帳面に、たくさん書かれちゃう」

熱心な仏教徒だった祖母が、彼女なりに施した私への躾《しつけ》だったのだと思う。

「チョーメンってなに？」

「ノートみたいなものだよ」

「どうしたら右の仏様のチョーメンに、たくさん書いてもらえる？」

「まずは、お母さんの言うことを聞くこと。それから、女の子は大きくなったら、結婚した人の言うことを聞くの。あとは、お経をあげて、仏様に優しくすれば、右の仏様がたくさん書いてくれる」

「右の仏様がたくさん書いてくれたら、どうなるの？」

「人生を全うしたときに、極楽っていういいところに行けるの。悪いことをした人は、地獄で死んだあとも苦しむんだよ」

ゴクラク、がどういうものかも想像がつかなかったが、とりあえず地獄よりはいいことがあるらしい。

それから、祖父母の家に遊びに行ったときは、祖母と一緒に立派な仏壇の前でお経をあげるようになった。この習慣は、私が中学受験の塾に通い始める小学校四年生まで続いた。

お経を唱え終えると、祖母はいつもお茶菓子を出してくれた。正直、これ目当てに祖父母の家に来ていた節もある。

祖母は、私がお菓子を食べているあいだも、その小さい手を握りしめて、ずっと仏教の話とか、女の子の生き方を私に説いた。

親の言うことを聞く。将来結婚して、旦那さんの言うことを聞く。そして炊事や洗濯を欠かさず行い、質素倹約にモノを大切にする心。それが極楽に行けるような良い女の人になる条件で、今のうちからその練習をしていかないといけないのだと、毎回似たような話をしていた。

話の内容がどうこうよりも、しわしわで冷たい手に寿命が吸い取られそうな気がして、私は少し怖かった。

ママは神様

私が幼稚園を卒園する頃、母は都内に一軒家を買った。決して広くはないが、手狭で古い都営団地よりは遥かに立派なマイホームだった。私たちきょうだいは、その近くの公立小学校に通うことになった。

私と弟が小学校に上がってすぐ、弟に意地悪をする同級生の男の子が現れた。

その子は小学校の近くの小さなアパートに住んでいて、父親がいない母子家庭の子だった。ランドセルを背負ったままリビングでえんえんと泣く弟を慰めていると、おそらく担任の教員との電話を終えた母親が寝室から出てきた。

そして、母自身が定期的にワックスをかけている清潔なリビングのフローリングに吐き捨てるように言った。

「これだから片親の家の子は」

そのときの母の険しい表情が、両親が揃っていない家は、不完全で、フツウではなくて、良くないことなのだと子どもの私たちに教えた。

母の絶対王政と父の暴力の狭間で育った私たち三人の子どもは、とても仲が良かった。というよりも、仲良くせざるを得なかったのだ。

母は、とにかく完璧な家庭を求めた。

夫婦仲が悪いくせに、よく家族全員で遠出をしたがるのがその最たる例だった。月に一度は儀式のように、父が運転する車で都外の温泉や、バーベキューをしに奥多摩の河原に連れ出された。

しかし、だいたいその道中で父の機嫌が悪くなり、母と口論をし始めて、ムードは一気に最悪になる。そのたびに、私たちは二人を宥め、「子はかすがい」の言葉の通り、空気を読んで二人をつなぎとめる役割を果たすことに努めた。せめて子どもたちが仲良く、愛らしくしなければ、この家の秩序は崩壊し、自分たちの物理的な居場所も精神的な居場所もなくなってしまうことを、みな子どもながらに分かっていたのだった。

幸い、母は仕事が忙しく、当直医としての夜勤をこなしたり、病院からの急な呼び出しでいなくなったりすることもあったため、家にいる時間は少なかった。父は祖父が自営をしていた会社で勤めていたが、実際はあまり仕事をしていなかったようで、よく酒を飲みに出かけては遅くまで帰って来ないことがほとんどだった。母がいなくて機嫌がいいときには、おもちゃを買ってくれたり、一緒に遊んでくれたりすることもあったが、私たち三人はいつ地雷を踏むのか分からない恐怖を心の隅に抱えながら日々を過ごしていた。

　だから、二人がいない日の家庭は平和で、自由で、みんなが本当の意味で子どもになれた瞬間だった。

　私が小学生の頃、学校でニンテンドーロクヨンが人気だった。ゲーム反対派の母をもつ私たちは指をくわえて見ている日々だったのだが、ある日兄の提案で購入を決意した。

「買ってきちゃったらママももう文句言えないと思うし、みんなのお年玉集めたら買えると思う」

　祖父母から貰《もら》ったお年玉を持ち寄り、私たち三人は雨の中傘を差して近所のゲーム屋へ向かった。そして、ニンテンドーロクヨン本体と、三人で相談した結果買うことにしたゲームソフトをレジで欲しいと伝える。貯金箱の小銭まで持ち出して、勘定するのに店員のおじいさんを苦労させたが、無事にモノを手に入れることができて、みんなホクホクの表情で帰宅した。

当然だが、すぐに母親にはバレた。だが、既にモノを買ってきてしまった手前、母親も返品して来いとまでは言えなかったようで、しぶしぶ所持が許可された。実に兄の作戦勝ちである。母は「きちんと勉強する」という条件つきで一日一時間の使用を許し、私たちは生まれて初めて自分たちの権利を勝ち取ったのだった。

しかし、それまで存在しなかったゲームという娯楽の存在は、予想以上に私たちを虜《とりこ》にした。当時兄は小学四年生で、中学受験向けの学習塾に通い始めていたのだが、母親の目を盗んでゲームをするようになった。私と弟も、兄がゲームをプレイする様子を喜んで見ていて、結局一日一時間どころか、両親が不在の日は何時間でも夢中になり、子どもだけの世界を満喫した。

もちろんそれに気づかない母親ではなかった。下降し始めた兄の成績や、自分が帰宅したときの不自然な子どもたちの態度で、約束を破っていることに確信を得たようだった。

ある晩、母は夜勤と言って出かけた後に不意打ちで帰宅し、いつも通りゲームで盛り上がっていた私たちはその現場を押さえられた。リビングで正座する私たちの目の前で、母は鬼神のようにニンテンドーロクヨンのコードを引っ張り、背負い投げした。宙を舞って床にたたきつけられたそれを見て、一番気の弱い弟は泣いていた。私たちは、破壊されたゲーム機の前でしばらく放心していた。そして、母にだけは逆らってはいけないのだということを痛感して、少し大人になった。

一方で、父方の祖父母は、そんなスパルタの母をあまりよく思っていなかったようだった。祖父は中学受験で夜遅くまで塾に通う兄を案じて、「こんな小さいうちから勉強ばかりさせなくてもいいだろう」と母に意見したらしい。

指摘を受けた母はひどく不機嫌だった。

「そんなだからあの高卒のろくでもない息子ができたんじゃないの」

と、子どもの私たちにも聞こえるほど、苦い顔をして独り言を言っていた。

祖父母の家に遊びに行くと、祖母は今まで以上に私に付きっきりで、ずっと私の将来や仏様について話をしてきた。

大人になった今、それは私を母から引き離して祖父母側に懐柔するためだったのかもしれない、と思っている。

だが、母は自分の信念を貫いて、兄を有名な私立中学に合格させた。

「ほらね、お母さんの言う通りにすればいいのよ」

母は鼻高々で、次は私と弟の中学受験のプランを立て始めた。

私もそれに従うことで、自分の人生が確かなものになっていくのだと信じた。

小学校高学年にもなると、自分のステータスが周囲に比べてどのくらいのものなのか分かり始めてくる。通い始めた学習塾でも、教室の席順はその月の模試の成績上位者ほど前の座席になっていて、より集中しやすい環境で授業が受けられるようになっていた。

そんな世界を知ってしまったからこそ、鼻を垂らしながら遊んでいる男子や、くだらない噂話に夢中になる派手な女子とは、一線を画した自分でいたかったのだ。

幼い私は、見えない仏よりも、目に見える母という神様を信じることにした。

神話崩壊

「早乙女って何でもできるよね」

小学五年生の春、そう言って私を羨望の眼差しで見てきたのは、幼馴染《おさななじみ》のシュンペーだった。

彼とは幼稚園から小学校二年まで同じクラスで、五年生のクラス替えでまた一緒の学級になった。本当は俊平太という名前なのだが、長いのでシュンペーと呼んでいた。父親が経済学に精通している人で、経済学者のシュンペーターにあやかった名前らしい。

そのような家柄であるため、付き合う友達を選びなさいと口を酸っぱくして言っていた母親が交友を許してくれた、数少ない友達であった。

彼も中学受験組だった。顔がとても整っていて、爪もまつ毛も長く、仕草もどことなくフェミニンな男子で、それゆえ、クラスの男子からはイジメというほどではないが、何かと「女かよ！」といじられていた。だが、彼はそれに対して言い返すわけでもなく、おろおろして、自分の中で何かに葛藤して、呑み込んで、毎日下校のときにしょんぼりしているような奴だった。

対する私は、ガリガリに勉強ができて、運動会のリレーは選抜選手で、読書感想文や絵のコンクールはいつも入選。学芸会では主役をやり、挙句の果てに生徒会長も務めるような華々しい小学校生活を送っていた。

だが、母が洋服に金をかけてくれない人間だったため、着ているものはいつも近所のお姉さんの色褪《いろあ》せたおさがりで、縦横無尽に活躍する私に嫉妬していた女子たちからは、よく悪口のネタにされていた。

そして男子からも、女のくせにとよく言われたが、私は聞こえないふりをして、休み時間はいつも本を読むか、同じ中学受験組で頭のいい女の子たちと会話をしていた。

そんな風に、子どもながらにどこか闇を抱えた私とシュンペーは、仲良しというわけでもなかったが、何となく気が合った。シュンペーは弟とも同じクラスになったことがあり、たまに家に遊びに来ていることもあったので、お互いのことはよく知っていた。ただ、学校であまり話し過ぎると周囲から冷やかされるので、そこそこの知り合いのフリをして聡《さと》く調節をし、お互いの生活を守っていた。

その年の秋、担任の教師が調子を崩し、入院することになった。代わりにふくよかなおばさんの先生がやってきて、二学期から私たちの学級を担当することになった。黒板の前に立って自己紹介する先生は、にっこりと笑顔を絶やさないが、どこか悪い大人の臭いがして、おとぎ話に出てくる悪ダヌキみたいだと思った。

　幸か不幸か、彼女は私のことをえらく気に入った。今までの先生たちは、私のできの良さを褒めつつも、他の子どもと同じようにあくまで子どもとして接していたのに、彼女だけは私を「名誉大人」として扱った。提出物を出していない子がいれば、私から叱るようにみんなの前で言いつけたり、学校行事のあらゆることについて私にだけ相談をしたり……。大人になった今思い返せば、とんでもない教師であった。

　クラスメイトたちも馬鹿ではない。その違和感に気づき、一人贔屓《ひいき》されている私を攻撃し始めるようになるのに、そう時間はかからなかった。今まで友達だと思っていた中学受験組の女子でさえも、「いい子ぶりっこ」「そこまでして内申稼ぎたい？」と言い始めた。

　シュンペーはハブられまくる私を、こっそり気にかけてくれていた。放課後の夕方、三階の教室で二人きりになったとき、ベランダの柵に手をかけて「ここから落ちてみようかな」と戯れで言ったことがあった。そうしたらシュンペーは本当に泣きそうな顔をして、私の腕を摑んで「だめだよ」と真剣な顔をした。私は、それが嬉しかった。

　自分に火の粉が降りかかるだけなら我慢はできたが、私は他のクラスにいた弟にイジメが飛び火することを心配した。だから、六年生に上がるとほとんど学校に行かなくなった。私がでしゃばらなくなれば、きっと鎮火して静かになると思った。

　母親は欠席が続くことで中学受験のときに提出する内申書への影響を気にしていたが、自分の子ども――それも娘がイジメられているショックの方が大きかったようで、私の不登校を許可した。

「本当に行かなくていいの？」

　私は「意地でも学校に行け」という母の返答を予想していたため、そのあっさりとした対応に拍子抜けした。

　母は苦い顔をして答えた。

「小学校までは公立でいいと思っていたけど、やっぱり私立に入れさせるべきだったかしら。あんなレベルの低い子たちに囲まれて消耗《しょうもう》して過ごすぐらいなら、家で受験勉強してなさい。今、大事な時期なんだから」

学校に行かなくていいと言ってくれたのは有難い対応ではあったが、なんか違う、と密かに私は思っていた。

母は、今ここにいる私そのものじゃなくて、ずっと未来にいる見えない私を守っているような感じがしたのだ。

母が見据えているのは、いつだって中学受験の成功とその先にある将来だ。自分の人生での失敗から生み出した教育法を、私のためだと言って全力で注いでくれるが、それが本当に私の幸せのためなのだろうか、疑問を持ち始めてきた。

こうして不登校児になった私だが、当たり前のように中学受験のための学習塾には休まず通っていた。塾は、実力主義の世界。常にぴりぴりとした空気があってあまり好きではなかったが、学校や家に比べればまだマシだった。

母はいつも、塾に向かう私の背中にプレッシャーをかけた。

「受験に失敗したらあの子たちと一緒の中学になるのよ、ちゃんと勉強しなさい」

その言葉はガスのように心の中に充満して、私の生気を奪っていく。でも、十一歳の自分はそこから逃避する術を持たない。私は、ひたすらにしんどくなって、せめて心だけでもどこかに行きたいと、逃げ場所を求めるようになった。

そんなとき、偶然、夕方のテレビのニュースでコスプレをする人たちの特集を見た。秋葉原の歩行者天国で、アニメキャラの衣装を着て楽しそうに集《つど》っている人たち。ニュースキャスターは決して肯定的な文脈で語ってはおらず、ワイプで抜かれていたコメンテーターも「驚きのオタク文化」といったように、まるでゲテモノを見るかのような視線を送っていた。だが、そんな非日常でフツウの人には決して理解されないであろう世界に、私は目を輝かせた。

翌週の日曜日、模試の帰りに私はこっそりと秋葉原に足を運んだ。テレビで見た光景と全く同じように、コスプレをしてパフォーマンスをしている人たちがいることに興奮した。当時、『涼宮ハルヒの憂鬱』が流行しており、ハルヒの制服を着た女の人（中には中年男性もいたが……）がたくさんいたのだが、私もその輪の中に入りたくてたまらなくなった。

その次の週、私はそれまで使い道がなかったお小遣いを握りしめて秋葉原のコスプレ衣装専門店に走った。路地裏にある少し怪しいお店で、明らかに小学生である私が衣装を買いに来たことに店員は目を瞬かせていたが、代金をきちんと渡したら商品は売ってくれた。

薄気味悪い路地裏をさっさと抜け出し、秋葉原駅構内のトイレでコスプレ衣装に着替える。歩行者天国に行くと、先週見かけたグループがいたので近づくと、彼女たちは快く私を仲間に入れてくれた。

　それから毎週日曜日、私は塾や模試の帰りに秋葉原に寄るようになった。大人たちとアニメやラノベの感想を語り合ったり、生まれて初めてカラオケに行ったり、とにかく普通に小学校生活を送っていたら得られないような体験をして、その時間だけは自分の苦しい現状を忘れることができた。

だが、そういうことは全て母親にバレるのがオチである。

クローゼットにしまい込んでいたコスプレ衣装や、アニメイトで買ったラノベや漫画が母にバレて、この世の終わりレベルで激怒された。

「こんな下らないものにお小遣い使って、本当に馬鹿じゃないの！」

　母の軽蔑するような眼差しが怖くて、私は押し黙ることしかできなかった。母はサブカルに対して妙な偏見を抱いており、アニメや漫画の類を全て「えっちなもの」だと一蹴し毛嫌いしていた。そのためにできるだけ目につかない場所に隠していたのだが、掘り出されてしまえば言い訳のしようがない。

　次の日には衣装や漫画は紐で縛られ、ゴミに出された。私と同時に中学受験する弟への見せしめでもあったのだろう。

　やはり勉強しかやることがなくなる毎日に戻り、再びざらついた中学受験という戦場に送り返された私だった。結果として、私も弟も無事に合格を勝ち取ることができ、母はますます自分の教育方針に自信をつけたのだが、私には少しずつ母への不信感が芽生え始めていた。

　その不信感が拭い難いものとなった、決定的な出来事がある。

　中学受験を終えたある日のことだった。親も兄弟もみんな出払い、誰もいなくなった空っぽの家の中で、こっそり図書館で借りたアニメ雑誌を広げてごろごろしていたのだが、なんとなく、じんわりとお腹が痛くなった。今まで感じたことのないタイプの腹痛だった。

　しばらく自室の布団の上で寝ていたら、トイレに行きたくなった。そして、便器に腰かけようと、ずるりとパンツを下ろしたら、クロッチに茶色の血が掠《かす》れてついていた。ついにきたか、と思った。

　保健体育の授業で「月経」という現象については散々レクチャーされていたが、それが来たときにどう対処するのか教わっていなかったため、私はどうしていいものかと狼狽《うろた》えた。一応、不登校になる前の、小学五年生の林間学校の際に、母が生理用ショーツを二枚買ってくれていた。ただ、それの使用方法については全く説明されなかった。平常用のパンツに紛れて、まるでヤバい薬物を渡すかのようにコソコソ与えられたため、それを聞くタイミングすらなかったのだ。

私は焦ってその生理用ショーツをはいた――ナプキンもつけずに。

ナプキンの存在を知らなかったわけではないのだが、実物を見たことはなかったし、何よりも肝心のそれを買ってもらっていなかった。ナプキンがなくても生理用ショーツをはいておけば血を吸収してくれるのだろうと勘違いした。しかし、当然、一度血の付いたパンツは綺麗にならなかった。じゃぶじゃぶと洗面台で洗ったが、全く汚れが落ちなかったので、捨てることにした。

生理の処理方法については、教科書よりも何よりも、母親に教わるのが最も当たり前で確実な手法なのだが、私にはそれができなかった。私の読んでいる雑誌や漫画を「えっちなもの」として認定している母の目には、私の股の間から流れる血もその類として映るだろうと怯《おび》えたからだった。

「いやらしい子ね！」

そう言い放つ母親の、きつい眼差しを思い出した。冷汗が首から鎖骨にどろりと伝い、私はこれを何とか隠し通さなければいけないと思った。

それから毎月、私は証拠隠滅に忙しかった。生理はショーツだけじゃ処理しきれない、ナプキンもつけなければいけないということをネットで知って、なけなしのお小遣いを持って薬局に走った。

使用済みナプキンは生理が終わるまで一番使わない引き出しの隅にためておく。そして、可燃ゴミの日に、家族がまとめた他のゴミに混ぜてこっそりと捨てる。その日のゴミ出しは自分から買って出て、とにかく生理が母に露見しないように努めた。

もちろん、今回も小細工虚しくバレた。前に秋葉原の一件があり、母が私の部屋を徹底的に詮索するようになったからだった。そのとき、うっかり生理用品の包みと、ついでに漫画を買ったときのレシートが見つかってしまった。

アニメイトのレシートと、古い血の付いた腐敗臭のするナプキンが、部屋の隅で正座をしている私の前に並べられた。

「なんで言わなかったの。……お赤飯、炊いたのに」

そのときの母の、今にも泣き出しそうな被害者面に、私は史上最高にイラついた。母は、いくら私が悪いことをしたからといって、人のゴミ箱を漁るという、プライバシーもへったくれもない、こんな監視まがいのことをしているのに、えっちなものはダメ、でも、初潮が来たことは言ってほしかった、と言う。

母は、私に子どものままでいてほしいのか、大人になってほしいのか、どっちなんだよ。そして、母の中にある「えっちなもの」の基準は一体なんなのか。当時の私は苦悩した。そして、母が神様でもなんでもないただの一人の人間であることを知って、初潮が来た身体に合わせて、心も少し大人になっていったのだった。

少しずつおかしくなっていく

小学校の卒業式は欠席した。私をいじめていた子たちは、いい小学校生活だったと号泣していたらしい。

私は母の教育方針に基づき、都内にある私立の中高一貫校に進学した。

女子校ということもあり、小学校にいたような馬鹿な男子の存在も考えないで済んだ。女子校は世間ではジメジメして陰湿な嫌がらせがあると思われているようだが、実際には勉強のできる子ばかりで、ちゃらついている派手なタイプは少ない。おかげで、のびのびと穏やかな学校生活を送り始めた。

母に内緒で漫画研究部に所属し、それなりに友達もできた。成績も学年上位で、教員からの信頼も勝ち得た。滑り出しは順調だった。

しかし、中学二年に上がった頃から、父の暴力が激しくなった。ちょうど父方の祖父母が立て続けに亡くなった時期だった。

それまで、祖父母の存在が両親の離婚のストッパーになっていた。あまりにも喧嘩《けんか》がひどいときは、私たちがこっそり電話をして、隣町に住んでいる祖父母に仲裁に入ってもらうこともあった。だが、もうその役割を果たしてくれる人はいない。二人がいなくなった途端に、もろい張りぼての我が家は音を立てて瓦解し始めた。

もともと感情の起伏が激しい父だったが、以前に増して母への暴力がひどくなった。それに呼応するかのように母も金切り声を上げ、二人の喧嘩は日に日に勢いを増し、その火の粉は私たち子どもに降りかかった。

母はいつもイライラしていて、仕事から帰ってくるなり、どかどかと二階のリビングに上がり込み、小さな家具や本を私たちに投げつけた。

「あんたたちさえいなければ、さっさと出ていけるのに！」

そして赤ん坊のように泣き喚《わめ》く。それが始まると私たちはそそくさと部屋へ逃げ帰った。

とはいえ、都内の狭い一軒家。特に私は母と部屋が共用だったため、物理的な逃げ場がなかった。布団をかぶって嵐が収まるのを待つ。そんな毎日だった。

兄と弟は、これ以上両親の心に波風を立てたくなかったのか、ひたすら黙って耐えていた。

だが、私は、父への怒りがこめられた母の独り言を聞かされながら、いつも毛布で顔を覆ってぎゅっと目をつぶり、汗を垂らしながら眠りについていた。

「お前だけが辛いと思うなよ」

仲の良かったはずの弟は、父と母の喧嘩にイライラしたり泣いたりしている私に、そう言うようになった。確かに弟から見れば、同じ家庭にいるという条件は変わらないのに、一人だけ音を上げている私の心の弱さが許せなかったのだろう。弟は中学から男子校に入り、体育会系の友人に囲まれてすっかり気も強くなっていた。

それに、兄と弟は共用ではあるが自分たちの部屋があったため、彼らにとっては、両親の喧嘩が私のように差し迫った問題ではなかったのかもしれない。

私は部活の親友たちに家のことを相談した。

「こんな感じでさ、家に帰りたくないいんだよね」

あわよくば泊めてくれないだろうか、とも思ったが、「ウチ狭いし」とか、「それは先生とかに相談した方がよくない？」と全員にド正論を言われ、あっけなく撃沈した。

友人からの助言を得て、担任の先生に相談することにした。いつも笑顔を絶やさない女の若い先生は、私は同情していますよと全力でアピールするかのような、職員室にこだまする超デカい相槌《あいづち》を打ってくれた。だが、その相槌も虚しく、「先生も色々してあげたいけど、お家のことだから専門の先生に相談した方がいいよ」とそれ以上の相談をやんわり断られ、学内のカウンセリングの予約を取らされた。

そして、私はついに学内のカウンセリングルームへ足を運んだ。図書室の脇にある、人気《ひとけ》のない廊下。その最奥の扉を開けると、まるで隠れ家のような空間が広がっていた。足を踏み入れた途端、お香のようなアロマのような、むわっとした香りが充満して、中から占い師のような格好の、中年のカウンセラーの女性が登場した。

「あなたが今日予約入れてくれた人ねぇ～、座って座って」

先生はテーブルの上にあったポットからゴポゴポと茶色い液体を注いで、私の手元に置いた。

「これでも飲んで、リラックスしながら話しましょうねぇ」

中身はドクダミのハーブティだという。クソマズかった。

それから、友達や先生に話したように、我が家のむごったらしい実情をカウンセラーに説明した。

「そっかぁ～お家が大変なのね～」

「どうしたらいいでしょうか。私、このままじゃウツになります」

「うんうん、そうだよねぇ」

先生はサラサラとメモを書き、私の話が全て終わると、ヨシッと言った。

「これはね、ここで話しても仕方ないことね。お父さんとお母さんに仲良くしてもらうしかない！」

一片の曇りもない笑顔で、そう言われた。あのですね、それができていれば、こんなところには来ていないんですよ。私は二度とそのカウンセリングルームに足を運ぶことはなかった。

誰も私を助けてくれない。八方ふさがり。だが、そんな私の感情などお構いなしに、父と母は一向に喧嘩を止めない。兄と弟は静観に徹する。

そんな状況に追い詰められた私は、だんだんと朝起きることができなくなり、不登校気味になった。

成績もみるみる下降し、それまで優秀だった私をチヤホヤしていた先生も、「最近たるんでいる」「なに怠けているんだ」と冷たい反応を見せるようになった。

それどころか、たまに来ては保健室にだけ足を運ぶ私を疎ましく思っていたようで、ついにはクラスメイトからもメンヘラと噂され、孤立するようになった。

私は、息苦しいと感じたから、酸素を求めるために水面に上がろうとした。なんとか自分の命をつなごうと、息継ぎできる場所を探していたのに、大人たちは容赦なく水辺の上から蓋をして、私をどんどん追い詰めていく。

そんな状況に心を病んでいった私は、中三の秋、人生早々にリタイアを図った。学校にも居場所がない。あと何年もこの家で過ごさなければならない。そんな絶望しかない世界の中で、生きている意味が分からなくなった。首の吊り方をネットで学んだ。母のタンスからストッキングを持ち出し、ドアノブに括《くく》り付ける。そして、自分の首に巻き付ける。

頭がすーっと軽くなって、意識がじわじわと遠のいていく中、玄関で物音がした。すんでのところで兄と弟が帰宅したのだった。異変に気づいた彼らが駆け付け、首に巻き付いていたストッキングをハサミでちょん切られ、私はその場で取り押さえられた。

暴れたが、思春期を迎えて体格差が顕著になっていた上、相手は男二人。勝ち目などなかった。

「これ以上家の中をごたごたさせるな！」

暴れるともっときつく兄に羽交い絞めにされた。兄は普段は穏やかな性格だったが、大学受験を控えていて、一番神経を尖らせていた時期だった。

「うるせえ！　お前が騒ぐせいで受験落ちたらどうすんだよ！」

押さえつけられた関節がギリギリと悲鳴を上げて、私は痛いよぉと情けなく叫んだ。混濁する意識の中で、兄の真っ赤な顔を見た。

「俺たちだってこんな状況の中で頑張ってんだよ、甘えんな！」

弟からは、気を失うまで腹を蹴られた。私は呼吸をするのも苦しいほどの痛みを鳩《みぞ》尾《おち》に感じながら、かつていじめられた弟を慰めたり、彼に気を遣って不登校を選んだりしたことを思い出していた。そして最後には、胃の中のものをぐちゃぐちゃに嘔吐《おうと》して、この世にはもう自分の味方などいやしないのだな、と察した。

この事件から数日後、この日と同じような騒ぎを起こした私は、ついに包丁を振りかざして暴れた。兄が警察に通報し、そのまま取り押さえられた私は、他傷と自傷の恐れがあるとして、パトカーで警察署に連行された。

冷えたガチガチのコンクリートに囲まれた警察署の駐車場に到着すると、そのまま長いこと車の中で待機させられた。車外では、警察や両親や、十人弱の大人たちが集まり何かを話し合っている。私は左右にいた警察官にがっちりと腕を掴まれ、身動きが取れないようにされていた。

小一時間ほどした後に、目の前から白い大きいワゴン車がやってきた。左右にいた大人たちは「行くぞ」と急に私に声をかけ、パトカーから引きずり降ろすと、今度はそのワゴン車に押し込むようにして私を乗車させた。

私は、自分が刃物を振り回すまでに追い詰められたのは、両親や学校の先生のせいだと釈明した。だが、そこにいる大人たちの誰一人として、私の意見を全く聞かず、運転手は無言でハンドルを握り、車を動かした。

助手席に同乗していた母は、「ごめんなさい、こんな子で。本当は優しい子だったんです」と目を潤ませた。

私の隣にいた警察官は言った。

「キミは、ハッキリ言って異常です。これから、精神科に入院してもらって治療をします。しばらくは家に帰れません」

このようにして、私は都内郊外にある小児の精神科に措置入院させられることになった。

私たち精神科の女の子

深夜二十三時。突如、措置入院することになった私は、警察のワゴン車で連れて来られた小児病院精神科の緊急措置室のマットレスの上で、体育座りをしたまま呆然《ぼうぜん》としていた。

目の前にある鉄の重たい扉には、取っ手がない。逃げ出さないように内側からは開けられない仕組みになっているのだ。仮にどうにかしてそれを開けられたとしても、もう一枚外側に分厚い扉がある。

視線を上げれば、こちらにレンズが向けられた監視カメラ。部屋の隅には、剝《む》き出しの便器。さらに、私が乗っているマットレスの上には剝き出しの羽毛布団だけでシーツやカバー等は一切ない（後日知ったのだが、シーツやカバーなどの薄い布類があると、それを細く折りたたんで首吊りの道具にしてしまう人がいるからである）。

これまで散々な思いをしてきたのは私のはずなのに、どうしてこんな犯罪者のような扱いを受けているのだろうか。

日付が変わるか変わらないかといった頃に、当直の精神科医が部屋に入ってきた。

「夕飯まだ食べてなかったって聞いたから、お母さんが下のコンビニで買ってきてくれたよ」

眼鏡の男性当直医は、右手に抱えていた段ボールを組み立てると、マットレスの上で石のように動かなくなった私の目の前に置いた。そして、レジ袋の中からチーズバーガーと牛乳を取り出して、その箱の上に並べる。そういえば、ここに運ばれて来る途中、車の中からマクドナルドの看板を見て、私はふと「これから入院するなら最後にチーズバーガー食べたい、しばらく外の物食べられないんでしょ」とこぼしていたことを思い出した。もちろん警察車両でドライブスルーするわけにもいかず、私の願いは古臭いワゴン車の車酔いしそうな空気の中に霧散したと思っていたのだが、それを覚えていた母が、差し入れで持ってきたのだと言う。

「私が言ったのはマックのチーズバーガーで、コンビニのこんなしけたチーズバーガーじゃないんですけど」

「この辺、マクドナルドないんだよね。コンビニので悪いけど、我慢して」

チーズバーガーに手を伸ばすと、案の定冷たかった。当直医に目の前で見守られる中、歯の先っちょで少しだけかじったが、パンがパサついていて、お世辞にも美味しいなんて言えない。それどころか、こんなもんを渡してきた母への怒りが頂点に達して、手に持っていたチーズバーガーを床にめがけてぶん投げた。こんなもので、私の気が、収まるとでも？

「母に伝えておいてください、ふざけんなって」

当直医は私の発言には応答せず、床に散らばったチーズバーガーと、時間が経ってパックが水滴だらけになった牛乳を黙って回収した。

「もし何かあったら監視カメラに向かって呼びかけてね、どの時間も医師が一人はチェックしているから」

と、去り際に声を掛け、部屋を出て行った。また一人になって、私は恐ろしくなった。いつでも見ているということは、部屋の隅にある剝き出しの便器で用を足しているところも観察されているのだ。私の命を守るという大義名分があるこの措置入院で、きっとトイレ回数を観察するのも、健康を把握するという意味で仕方なかったのだろうが、やはり人権がなさ過ぎる。

というより、なんで私がこんな目に遭わなくてはいけないのだろうか。そもそも、私が包丁を振り回すまでに追い込まれたのは、主に両親のせいだ。これで退院して家に戻ったとしても、大本の原因が断たれなければ、また同じことの繰り返しになるだけであろう。いっそのこと、両親がここに入ればいいのに。

この場ではどうしようもない怒りばかりが脳内で堂々巡りする。ぐー。その思考をシャットアウトするように、腹だけはしっかり鳴る。監視カメラに背を向けて、部屋に唯一ある大きな窓から夜景を眺めた。

私がいた部屋は病棟の五階で、眼下には大きな幹線道路が広がっている。そこを行きかう車たちのヘッドライトの灯りが、きらびやかな夜景を作り出していたのだった。これがもっと日常の中の一コマだったら、素直にそれを鑑賞することができたのに、こんな非日常な措置入院という状況下では、虚しさしか溢《あふ》れてこない。

しかも、目を凝らして窓ガラスを見ると、「たすけて」という文字や、言葉ですらないめちゃくちゃな線、チューリップに見える花の絵が、爪を立てたときのひっかき傷のような細い線で描かれていた。試しに私も窓ガラスに爪を立ててみると、きぃっという鳥肌の立つ音と一緒に、白い線が残った。私は両親の顔を思いうかべて「死んでしまえ」と書いた。そうしたらこの部屋に入れられる前に、自傷行為を防ぐため診察室で強制的に深爪気味に切られた爪がもっとすり減って、痛みを覚えた。この窓ガラスに書かれたメッセージは、落書きというよりも、ここに入れられた子どもたちの、魂の叫びなのかもしれない。

翌朝は、尿意で目が覚めた。この部屋に入ってから一晩、一度もトイレに行っていなかったので、さすがに膀胱が限界を迎えていた。部屋に剝き出しの便器で用を足すことにかなりの抵抗があったが、いつここから出してもらえるかも分からないので、しぶしぶ便器へ腰を掛けた。監視カメラに見守られながら、用を足す。やけくそになって、「イエーイ見てる？」と言わんばかりに、背後にある監視カメラをガン見しながら排尿した。

朝八時頃になると、私の担当医になるという女性の医師が食事を運んで来た。昨日の当直医が置いていった机代わりの段ボール箱の上に、清潔な匂いがする食事を置く。まるでエサか。

「おはよう。私が早乙女さんの担当医になります、金田です。朝ご飯食べながらでいいから、聞いてくれるかな？　これからのことをお話しします」

私は実に昨日の昼ぶりのエサを頬張りながら、金田の顔を見ず、耳だけを貸した。彼女の、首と顔で色が違う、のっぺりとした化粧の仕方が母に似ている。職業も同じ医師で、しかも年齢も近そうだった。私はさっそく金田に対して、敵意が芽生え始めていた。

「なんだか一晩とても落ち着いていたみたいだし、反省したようだね」

反省したようだね、ってなんだよ。まるで私が悪事をしでかしたみたいな言い方。噛みついてやろうと思ったが、そのときはあまりの空腹で、白米を掻《か》き込む作業が優先された。

「今日一日なにもなければ、明日あなたを大きな病棟に移します。大きな……って言っても閉鎖病棟なんだけど、部屋はここより広くて、もちろんトイレもちゃんとしているし、他の人もいて漫画や雑誌もあるから、今よりは自由度が高いはずだよ」

私は咀嚼《そしやく》しながら黙って頷《うなず》いた。

私が入院した小児病院の精神科は、男女で病棟が分かれていた。通常だと何度か通院して、医師によって入院治療が必要だと判断された場合、日取りを決められて直接その病棟に入ることになる。私のように緊急で措置入院となった場合は、措置室と呼ばれる個室に何日か入れられ、経過観察をしてから病棟へ移されるという。

彼女に見守られながらみそ汁と焼きじゃけと漬物を平らげると、金田はペットでも見るような目で「おぉ～、よく食べたねえ。これからよろしくねぇ～」と笑った。その笑顔は、うちの母親が保護者会のときによその家の母親に向けているような社交辞令モードの顔にそっくりで、やっぱりこいつ嫌いだと肌で感じた。

　これ以上事を荒立てたくなかったのと、早くマシな場所に行きたい、それから風呂に入りたいという思いが、その日一日大人しく過ごすモチベーションとなった。監視カメラに背を向け、ひたすら窓の外に広がる世界を眺める。暇過ぎて今日も窓をひっかいてやろうかとガラスに爪を立てたが、これも悪行と見なされたら外に出してもらえないかもしれないと思いとどまる。

　こうしてもう一晩大人しく過ごした私は、無事に「反省した」と見なされ、翌日の朝飯を食べたのち、閉鎖病棟に移してもらえることとなった。

　実に三十時間ぶりぐらいに、布団とトイレと監視カメラしかない狭い個室の中から出され、金田の後ろをひよこのようにおぼつかない足取りでついていく私。その左右には看護師が付き添っている。恐らくここから逃げ出さないようにするためなのだろう。とはいえ、自宅に帰った方が地獄な私にとってはあまりにも仰々しい警備で、私は大人たちの杞憂を鼻で笑った。

閉鎖病棟に入ると、フロアの中央にあるパノプティコンのような完全ガラス張りのナースステーションとラウンジを通り過ぎ、さっそく個室に案内された。新入りの存在に気づいた私と同じ年頃の女の子たちの野次馬が来たが、看護師に追い払われ、私は隠すように個室に押し込められた。

　部屋の大部分の面積はベッドで占められていたが、今度はちゃんとドアで区切られたトイレと洗面台があった。ようやく人並みの生活を取り戻したことに頬が緩む。ただ、その日一日はまたこの個室の中だけで過ごすように言われたので、私も図々しく看護師にシャワーの要求と暇をつぶせるものをお願いした。部屋にシャワーはついておらず、病棟にある大浴場に行かなければならないのだが、看護師のシフトの都合上、入浴できるのは週に三日しかなかった。本来であれば次の入浴日まで待たなければいけなかったのだが、もう何日も風呂に入っていなかったので、入浴を許可された。

　そして、風呂上がりに暇をつぶせるものとして看護師が持ってきたのは漫画『君に届け』だった。病棟のラウンジに置いてあるものらしい。普段少年漫画ばかり読んでいる私は顔をしかめ、「ジャンプはないんですか？」と聞いたら、「女子病棟だから」と看護師に一蹴された。

　仕方なく一日かけて『君に届け』を読破した。なめてかかったら、普通にめちゃくちゃ面白かった。

翌日、私はやっと個室の外に出ることを許された。朝、個室から出ると、私の部屋の前で出待ちしている五、六人の女の子がいた。

「あなたが新しく来た人でしょー？」

「何年生？　わたし中二だよ」

「なんて呼んだらいい？」

矢継ぎ早に話しかけてくる彼女たちは、この病棟の言わば「先輩」であった。病棟には二十人ぐらいの私と同じ年頃（私がいたときは小学校六年生〜高校二年生）の女子が入院していて、うつの症状が重くてずっと個室に引きこもっている子もいれば、摂食障害でやせ細ってしまった子、知的障害や発達障害で入院している子もいた。

だが、ほとんどの入院患者が彼女らのように、なんの問題もなく初対面の人間ともコミュニケーションができる、一見フツウの女の子たちであった。私は、病棟の中でもイケイケなこのグループに入れてもらうことになった。

このグループの中心人物だったのは、夕子とマオであった。二人とも私と同じ中学三年生で、夕子は長い黒髪、マオはちょっと茶色がかったショートヘアが印象的だった。二人とも、初対面の私にも臆することなく、この病棟に入った経緯を教えてくれた。

「私は母子家庭なんだけど、ママと上手くいってないの。うちのママもちょっとメンタル弱くてね……。なにか失敗するとすぐ私のせいにしてきて、他に頼れる親戚もいないし。それでもうお互い精神的に安定するまで離れて暮らすしかないよねって感じでここに入れられたの」

と、夕子。続けてマオも身の上話を始めた。

「あたしの家はお父さんが何年も帰って来ないんだよねー。ママもだいたい男の家ふらついてるし、家も散らかってて居場所ないし。あたしも寂しいからネットで会った男の人とエンコーしてたら通報されちゃってさぁ。問題行動とか言われて、こんなところに入れられちゃった」

マオはあっけらかんと喋《しゃべ》ると、夕子と顔を見合わせて、「更生施設かよって感じだよねぇ～！」と笑った。

私もマオの言う通りだと思った。子どもがおかしくなるのは、子どもだけのせいじゃない。それなのに、どうして私たちの方が「問題行動」としてこんな病院に収容されなきゃいけないんだろう。

「で、かな子ちゃんは？　やっぱ親と上手く行ってないとか？」

「あ、うん、そんな感じかな……」

「ここ、そういう子多いんだよね。手に負えなくなった親が入れたみたいなパターン。はあ本当に、手に負えなくなるぐらいなら産まなきゃいいのにねえ」

「ねー、自分たちが勝手にセックスしたくせに」

「そうそう、セックスセックス、あはは」

　マオと夕子がセックスセックスセックス連呼してふざけていると、ナースステーションから看護師が飛んできた。

「こらっ、そういう話しないの！」

　耳を真っ赤にしながら去っていく看護師の後ろ姿を見ながら、私はふと疑問を口にした。

「ここ、だいぶナースステーションから離れてるよね？　なんで喋ってるの聞こえたの？」

　私たちが立ち話していたのはラウンジの隅だった。ナースステーションもガラス張りになっているため、まあまあ大きい声で話しても聞こえないはずだ。するとマオが天井にある四角い物体を指さした。

「あれ、盗聴器。あたしたちが何を話しているかも全部聞かれているんだよ。食堂にも、廊下にも、それから個室にも。この病棟のいたるところにあるんだから」

「そ、キモいよねー。看護師長とかオッサンだからさ、私たちの会話聞いてオカズにしてんじゃね？」

「ありえるー。アイツ、キモいもんねー」

マオと夕子がぎゃははと豪快に笑っていると、また耳を真っ赤にした看護師が飛んできた。だが、二人は叱りつけられてもどこ吹く風としか思っていないようで、ガミガミと説教をする看護師を適当にいなして話を続ける。

「かな子ちゃんはどこの中学なの？」

「えっと、私立なんだけど……」

「えっ、すごい！　めちゃくちゃ頭いいじゃん」

食いついてきたのは夕子だった。さらに「何中なの？」と迫ってくるので素直に学校名を言うと、歓声を上げて私の手を握った。

「すごいよぉ、今生徒証持ってたりする？　あとで見せてよ」

「えっと……、そこまでテンション上がっちゃう？」

やたらと興奮している夕子の横で、平然としているマオに助けを求めた。

「この子、学校オタクなの。有名校っつかヘンサチの高い学校に憧れてるっていうか」

「へぇ、変わってるねえ」

　夕子は品の良い笑顔を浮かべてニコニコしていた。マオは「あたしはフツウのギャルだから、そういう話パス」とつまんなそうだった。


　私はこの二人から病院のさまざまなことを教えてもらった。たとえば、病棟で少しでも癇癪を起こすと看護師が「異常」と判断して、病棟の隅にある経過観察室という何もない部屋に数時間入れられるということ。しかも、そのことが担当医に伝わって、自宅への外泊や外出許可が出づらくなるということ。

　だから、看護師にどれだけ理不尽なことを言われても、その場ではぐっと堪《こら》えて、担当医には媚《こび》を売れ。これが二人からの教訓であった。

「とりあえず、いい子ぶりっこすればいいんだよ」

「そうそう、大人なんてバカなんだし。ちょっと我慢して演じればいいの」

　そう言いながら、マオは女優のように気取ったポーズをしておどけていた。

　だが、不器用な私はやっぱり突っ張って、担当医の金田に対して、不信感を隠しもしない態度で接した。

週に一度の担当医とのカウンセリングで、不満を爆発させる。

「こんなところに入れられたって、帰る場所が今までと何も変わらないんじゃ、私も何も変わりませんよ」

私が何かを言うたびに、金田は眉の端を生きている毛虫みたいにぴくぴくと動かし、カルテにさらさらと何かを書き留めた。

彼女はどうやら私に社会性がないとみなしたようで、貼り付けてきたレッテルは「発達障害」だった。しかし、その後のＩＱテストで、私の総合ＩＱは低いどころか通常よりも高い（一三〇ぐらいあった）ことが判明し、金田は苦し紛れに「高機能広汎性発達障害」（知的障害を伴わない広汎性発達障害のこと）という病名を私に付けた（※1）。

「大人ってなんで病名付けたがるんだろうね」

マオと夕子の忠告を聞かず、金田に逆らって見事に薬を増やされた私は、夕飯後の食堂で二人に愚痴をこぼした。

摂食障害の経験があり食の細いマオは、フォークで食べきれないおかずを弄《もてあそ》びながらダラダラ食べるのが日課だった。夕子と私は比較的食べ終わるのが早いため、いつも先に食器を片付けてマオの食事を見守っていた。

「うーん、自分たちの手に負えないものに名前を付けることで、安心したいんじゃないの、自分たちが」

――自分の手に負えないものに名前を付けて安心したい。

普段おちゃらけているマオの言葉が、私の身体の芯に刺さった。

母はいつもそうだった。自分の未知の領域のものに「よくないもの」「えっちなもの」という名前を付けて、私たちのそばから遠ざけていた。自分の完璧な教育メソッドに不要なものは排除して、いつでも家庭をクリーンに、清潔に保っておきたい人だった。

母だけでなく、大人はみなそうなのかもしれない。モノや他者を分類して名前を付けることで安心する。名前を付けることは、理由をつけることだ。他者を排除したり、ぞんざいに扱ったりしてもいい理由をそこに見出す。

大人たちがモノにたくさんのラベルを貼って分類していくのを見て、私たち子どもは、フラットで地続きに見えるこの世の中で、だんだんと見えない段差があることを知っていくのだと思う。

大人・子ども、男・女、健常者・障害者……。

この精神科病棟にて、精神障害との診断を受けている、子どもで、しかも女の私たちは、この世で一番深い穴の底にいる。

「かな子ちゃん、絶対目ぇつけられてるよ。『アイツ』みたいになるから気を付けて」

夕子があごで示す先には、病棟の中でも一番身体が横に大きい「アイツ」、泉ちゃんがいた。

彼女とは、初めてここで自由になった日に、少し話をした。私より一個下の中学二年生で、将来の夢は海外で活躍する英語ペラペラのファッションモデルだとか。

そして、何かと人に張り合いたい性分らしく、背の高い私によく身長比べを挑んできた。彼女は今も食堂の隅で、先日入ってきたばかりの子の身体検査をしている。

「私より二センチぐらい背は高いけど、胸の大きさは私の勝ちね。服はどこのブランド？　ちょっとごめんあそばせ」

アニメやドラマでしか聞かないようなお嬢様言葉が、彼女の独特の口癖だった。泉ちゃんは服のブランドをチェックするために、首のタグを見ようと手を伸ばす。新入りさんは首根っこを摑まれ、眉をハの字にしている。

「そういえば泉ちゃん、こないだ観察室行きになったんだっけ」

マオが聞くと、夕子が品の良い顔をゆがませ、別人のように目つきを悪くした。

「面会に来た親と喧嘩して、その後看護師に当たったらしいよ。しばらく外出も禁止だって。てか、あいつ、調子乗り過ぎなんだよ。デブでブスのくせにモデルになりたいとか」

夕子の豹変っぷりに驚き、私は黙り込んだ。すると、マオがこっそり「夕子、泉ちゃん嫌いなんだよね」と教えてくれた。

だが、耳聡い夕子には聞こえていたようで、

「分不相応な夢見てるデブスが嫌いなだけだから！　なんかムカつくじゃん。身の程を知れって思うよね」

とさらに目つきを鋭くした。

はいはい、分かった分かった、とマオが折れると夕子はやっといつもの表情になった。

「かな子ちゃんも気を付けて。ここはそういうところなんだから。逆に言えば、いい子を演じられれば自由が増えるんだし、頑張って！」

二人から再びアドバイスをもらい、私は金田に賢く媚を売るようになった。

「いい表情になってきたね、薬が効いてきたのかも」

薬ねぇ。

こうして、私は入院して一か月後には外出許可を勝ち取ることができるようになった。大人ってちょろい。

まあ、外出許可といっても、病院併設のコンビニや中庭に、看護師の同伴なしで行けるようになるだけなので大したことはなかったが、それでもいい気分転換にはなった。病棟から出られて新鮮な空気を吸えるだけで、自分の身体の中を巡る酸素がきちんと交換され、気が晴れたのだった。

金田からは家庭に馴染む練習として自宅への外泊も勧められたが、私はやんわりと断り続けた。両親があの調子じゃ、戻ったところで何の意味もないのだ。

それに、病棟内にも娯楽はあった。週末しか使用できないが、防音を兼ね備えたレクリエーションルームがあり、心の調子がいい子たちはそこに集まってカラオケをした。とはいっても、カラオケの機械があるわけではなく、みんな自分の音楽プレイヤーを持ち寄り、イヤホンから音量を最大限で出して歌っているだけだったのだが、歌うことが好きなマオは一番楽しそうにしていた。それも下手の横好きではなく、驚くほど彼女は歌が上手かったので、マオの歌を聞くことが楽しみの一つにもなっていた。

また、テレビは食堂やリビングなど病棟の各所に三台もあった。アニメが好きな子、ジャニーズが好きな子、お笑いが好きな子とそれぞれに自然と分かれて見ていたので、チャンネル争奪戦で殺伐とすることもなかった。このような環境だったからこそ、なおさら私は自宅に帰る気がなくなってしまったのだった。

だが、そこは病院だった。治療が必要な人のための場所で、大人たちから見てもうその必要がないと判断された子どもは、着々と退院の準備を進められていく。

私がいた数か月の間でも、何人かの退院を見送った。病棟にいたほとんどの子は私と違って、家族との関係をこじらせつつも、内心では早く家に帰って普通の生活に戻りたいと思っていた。だから退院が決まった子は、雰囲気で分かる。態度に余裕が出るのだ。

いつも周りがテレビを見て騒いでいると、すぐに大声を上げて不機嫌になっていた神経質な子が、ある日突然穏やかになった。次の日から、その子の部屋からはだんだん荷物がなくなっていって、さらにその三日後ぐらいに、迎えに来た父親らしき人と手荷物だけ持って退院していった。

そうやって誰かが退院して欠けた場所には、傷口を塞ぐようにすぐ次の入院患者が入った。新しく病棟に患者が来る日、ナースステーションのホワイトボードの「入院予定」という欄には誰かのイニシャルと病状が書かれる。私たちはそれをこっそり盗み見て、この箱庭にやってくる次の仲間がどんな子か想像していた。大体、その次の日の昼ぐらいに、新しい入院患者はやってくる。マオと夕子はそのたびに「あの子どう？」「うーん、ちょっとぶりっ子だよねえ、私は嫌いかも」と夕食後の食堂で会議を開いていた。私が来たときもきっと、そうやって品定めしていたんだろう。

その入退院イベントは、青天の霹靂《へきれき》のようにやってくる。だから、自分たちの間から当事者が出ることなんて、私たちはちっとも予想していなかった。

それは、マオだった。

何でも母親が再婚したことで家庭が落ち着き、母親の方からマオの退院を要望したらしい。マオは「大人って本当に勝手だよね～」とけらけら笑い飛ばしていたが、私はその笑顔の裏に、大人への怒りが煮えたぎっていることを知っていた。

連絡先の交換はトラブルの元になるからという理由で禁止されていたが、私とマオと夕子は携帯番号とメールアドレスを書いた手紙を交換し合った。翌日、病院にふさわしくない派手な身なりをした母親に手を引かれて、マオはいなくなった。私と夕子は大きく手を振って、閉鎖病棟のすりガラスの向こうに人影が見えなくなるまでそこに立ち尽くした。

　次の日から、私と夕子は二人きりになった。普段なら病棟の誰かが抜けても新しい患者がやってくることで傷口は塞がっていたのに、マオが抜けた部分はいつまで経っても埋まらなかった。夕子はそれが寂しかったのか、私が昼寝などをして部屋に籠っているときには、さんざんマオと悪口を言っていた新しい子と遊んでいたようだった。

　そして、マオが退院して数週間後、私もついに退院する側となった。年が明け、高校生になる直前の二月のあたまだった。

　もちろん、私の希望などではなく、母の希望だった。

　私は通っていた私立の中高一貫校を退学し、都立高校を受験することになった。その受験のために、退院しなくてはならなくなったのだ。

　夕子は、マオの見送りのときと同じように私を見送った。看護師に閉鎖病棟のドアを開錠してもらった瞬間、母は私をドアの向こうへぐいっと押し出した。

「どうもお世話になりましたぁ～」

　母はにこやかな笑顔で、看護師たちに礼を言う。だが、閉鎖病棟のドアが閉まり、かちりと施錠音が聞こえた瞬間、母の顔から笑みがさっと消え、彼女は早口で今後の受験の予定について話し出した。

　そのとき、すりガラスの内側にまだ見えていた夕子の人影が泣いているように見えた。母のどうでもいい話が全て頭の裏側へすり抜けていく。私はその光景から、しばらく目を離すことができなかった。

「フツウ」の呪い

私が入院している間に、母は着々と離婚の準備を進めていたらしい。退院した私の帰る場所は、都心にある１ＬＤＫのマンションだった。

母は、他の家族から引き離すことで、とにかく私を「フツウ」に戻したかったのだろう。離婚を認めたくなかった父は、母に逃げられたことがショックだったらしく、ふらりと姿を消した。荒れ果てた実家には、兄と弟が残された。

母によって私の荒廃した環境は更地に戻された。ゲームの「リセットボタン」を押したような、感じ。

だが、私は心機一転、という気持ちにはなれなかった。

当然ながら、高校は以前通っていたところよりもレベルはがくっと下がった。それもそのはず、入院してしばらく勉強から遠ざかっていたうえ、毎日朝夕食後二回飲んでいた抗うつ剤のせいで、思考力がデロデロになった脳みそでも合格できるような学校であったからだ。また、当時の都立高校入試は内申書が重視されていたため、中三のほとんどが不登校だった私を受け入れてくれる上位校などなかったのだ。かと言って、ある程度のレベルの私立高校を受験しようにも、やはり、抗うつ剤漬けの頭では難しかった。

究極の消去法で渋々通い始めたその学校では、強制的に部活に参加することが義務づけられており、同級生たちは桜が舞い散る校舎の所々で、「何部にする～？」などと楽しげに会話を交わしていた。

私はそれを冷めた目で見つめ、他の生徒たちをとにかく見下していた。これから二年後には大学受験が控えているというのに、のん気なもんだわ、と、これみよがしに難関大学受験生向けの問題集を広げている、嫌な奴だった。

進路指導室の前を通りかかったとき、掲示板に貼ってあった前年度進学実績を目にして、ひどく落ち込んだ。今年の卒業生で大学に行ったのは、全生徒のうちたったの二十パーセント。しかも、そのほとんどが全く聞いたことがない、いわゆるＦランクの大学。この間まで東大に何人も行くような学校の生徒だったのに、なんで私はこんなところにいるんだろう。

こんな調子でいたので、当然、部活の入部届はどこにも出さないでいた。

四月も終わろうとしていたある日、担任の教師から呼び出された。体育会系の中年男性で、どっかりと事務椅子に座り、しぶしぶ職員室にやってきた私を睨《にら》みつけた。

「何で呼び出されたのか分かってるよなぁ」

「はあ、部活の入部届をどこにも出していないことですか」

「みんな決めてるのに、もうお前だけだぞ。入部届をどこにも出していないのは」

私は辟易《へきえき》した。テストの成績がひどく悪いとか、提出物を出していないとかで呼び出されるならまだ分かる。だが、部活をやらないで怒られることの意味が私には理解できなかった。

学生の本分は勉強だし、ましてやこのような高校に通って、大学進学に対する焦りを感じないわけがない。それに、その高校の子たちと私は明らかに人種が違った。それはそうだ。小中とほとんど勉強をしてこなかったような子たちが来る高校の中に、超教育ママに育てられた中学受験エリートが事故で放り込まれてしまったのだ。会話が合う気もしなかったし、そんな連中とは慣れ合いたくもなかった。

「どうして部活に入らないといけないんですか」

私は勉強に集中したいという主張の下、担任にこのように問いかけた。だが、担任は頑《かたく》なに「うちの学校の決まりだからだ」と繰り返した。

いや、それって答えになってねーじゃん。その決まりがどうして存在しているのか、そしてそれが教育上意義のあることなのか説明してくれるなら、私もまだ素直に従えるのに。論理的な説明がなされない限りは、私は梃《てこ》でも動かんと、意固地になった。

私のそんな態度に、ついに担任は折れて、諦めたような演技をして言った。

「決まりに従えないのなら、この学校をやめてもらうしかないな」

ドヤ顔で権力持ち出しっすか、だっせえ。完全に頭に血が上っていた私は、その喧嘩を買ってやることにした。意味も分からず部活に入らないといけない高校に三年間も通うぐらいなら、私は中卒でもいい。

「じゃあ、学校やめてやるよ！」

火山が噴火したかのように、それまで大人しくしていた私が勢いよく啖呵《たんか》を切ると、職員室中が静まり返った。その静寂の中で、「え」と担任が間抜けな声を漏らす。彼はおそらく、脅しを受けた私が弱々しく「じゃあ部活考えますぅ……」と言うとでも思ったのだろう。担任教師は、くしゃみする直前みたいな、超アホ面をしたまま固まっていた。今思い出すと笑えるのだが、当時の疲弊した抗うつ剤プリンセスの私は口角を上げる気にすらなれなくて、ロッカーに教科書を全て置き去りにしたまま、学校を去った。

　そして、その高校の敷地内に足を踏み入れることは、二度となかった。

　次の日から私は学校に行ったふりをして、近くのマクドナルドに通った。二時間ほどして母が仕事に出たことを確認すると、家に帰って自室に立て籠るようになった。母が夜勤明けなどで日中家にいるときは、新宿のネットカフェや映画館をぶらついた。

　当然だが、何日も無断欠席が続いたことを不審に思う学校から連絡があり、母にはすぐそのことが露見した。もちろん、言うまでもなく、今回も死ぬほど叱られた。

「これだけお膳立てしてやったのに、どうしてあんたは変わろうとしないの？」

　だが、もう母の思い通りになって黙っているだけの私ではなかった。

　母のがなる説教に負けじと応戦し、学校に行きたくない自分の思いを訴えた。

「もう学校っていうシステム自体が向いてないんだよ！　一度つまずいたら、二度と元のところには戻れない。学校ってそういう世界なの。行かなくても死にやしないんだから、放っておいてよ！」

　しかし、とにかく私に「フツウ」になってほしい母親とは、永遠に互いの主張が交わらず、気が付いたらお互いに拳が出ていた。

この晩、最終的に包丁と電気コードが出てくるまでの大喧嘩に発展し、近くの交番から警官が出動する騒ぎになった。

「お巡りさん、このブタを連れてってください、タイホしてください！」

ヒステリーを起こした母親が、駆け付けた恰幅《かっぷく》のいい中年警官に詰め寄る。私は母の首を絞めてやろうとその辺から引き抜いた延長コードを握りしめたまま、部屋の隅で体育座りをして二人を睨みつけていた。

「殺人未遂です！　私、娘に殺されそうになりました」

警官は、まあまあ、お母さん、それぐらいでタイホしてたらキリがありませんから、と母をなだめていた。まあ、それを言うなら母も私を包丁で切りつけようとしたのだが。

「お母さん、気持ちはよく分かりますけど、とにかくこの子は学校に行きたくないのでしょう。学校に行かなくても、人間生きてはいかれますから、とにかく無理強いしない方があなたのためでもありますよ」

とか、そんなことを適当に言って、警官はすごくめんどくさそうにしていた。他人からすると、それぐらい本当にどうしようもない不毛な喧嘩をしていたのだと思う、私たち親子は。

これに参った母は、その次の日の夜勤明け、高校に退学届を出しに行った。私は母が家にいるときは、自室からも出ない引きこもりとなった。

心のエンジンが完全に切れていたため、数年とは言わないが、せめて一年ぐらいはそっとしておいてほしい状態だった。そして現実世界でささくれた心を癒すため、アニメやゲームやネットに逃避し、その行為が母親をより一層イラつかせたようだった。

「学校には行けないのに、漫画やゲームはできるんだねえ、あら不思議」

仕事から帰ってくると、母は私の部屋の前で延々と厭味《いやみ》を垂れ流し、私もそれに応戦して、母への罵詈《ばり》雑言《ぞうごん》をまくしたてた。

私たち親子は、狭い都内の1LDKのマンションの部屋の中で何度も殴り合って、何度も警察のお世話になった。

つながりたいから偽りたい

こんな毎日であったから、母が病院の宿直で帰って来ない日の自宅は楽園だった。現実世界に居場所がない分、ネットで友達を作り始めた私は、ツイッターにハマった。それはもう、ズブズブにハマった。

最初はアニメやゲームの感想をつぶやいていただけだったのだが、家にいて暇だったがゆえに、時事ネタや大喜利のようなことをつぶやき始め、気が付けばアルファツイッタラー（人気のあるツイッターアカウントのこと）と呼ばれるほどになっていた。どれぐらいハマっていたかといえば、一日に千ツイート近くつぶやいて、起きている間はずっとツイッターを開いていたような感じである。

ただ、一定時間のうちに大量にツイートすると、しばらくつぶやきを規制されてしまう。そのため、複数のアカウントを所持し、一つ目のアカウントが規制されたら二つ目の予備アカウントへ、そこも規制されたら三つ目のアカウントへ、同じように四つ目、五つ目、六つ目……そしてしばらく経って一つ目のアカウントが規制解除されていたらそこへ戻る……ということを繰り返していた。

ツイッター廃人界隈ではフォロワー数もさることながら、一日のつぶやき数や規制アカウントの多さが重要なステータスになっていたため、一日千ツイート以上つぶやき、規制用のアカウントを二十個以上持っていた私は一目置かれる存在だった。

もっとも、ネット上ではレジェンドのような存在であっても、現実では中卒ニートのガキんちょであったし、今こうして文字に起こすと非常に虚しくて恥ずかしい黒歴史である。

このようにしてツイッターを満喫し、何人かのフォロワーと仲良くなったのだが、フォロワーの中の人（？）は普段のツイート内容から察するに大体年上で、仕事やバイト終わりの夜中にスカイプをして集うことが多かった。子どもの私は母が夜勤でいない日を見計らって、時折そのスカイプ通話に参加した。

スカイプは音声のみの通話で、日にもよるがだいたい同じメンツで六、七人集まった。私を含め全員同じアニメが好きで、飽きもせず毎週そのアニメの感想を語り合った。学校にいたときに決して感じ得なかった一体感に夢中になって、私はパソコンの画面にかじりついた。年齢が違っていても、同じものを好きな人ならばきっと心がつながれるのだと確信した。

だが、ネット上で知り合う人の中には中高生ユーザーを嫌う人も多かった。未成年はネットマナーがなってないと考え、関わらないようにしている成人ユーザーもいる。もちろん未成年ユーザーの全員が全員そういうわけではないが、トラブルに巻き込まれる確率を減らすためにそのような方針を取っているのだろう。

私が親しくなったフォロワーにも、何人かそういうタイプの人がいた。ただ、学校に行っていなかった私は、幸か不幸かそれっぽいつぶやきもなく、成人済みユーザーと勘違いされたままどんどん仲良くなってしまった。本当のことを言い出すタイミングを失って、私は自分を成人と偽り続けて、グループの中にとどまっていた。

そんなある日、スカイプ通話をするメンバーでオフ会をしないかという誘いが来た。近々、アニメの同人イベントが都内で開催されることになっており、きっかけはグループのメンバーの一人であるコスプレイヤーだった。

「ねえ、みんなで『合わせ』しない？　人数いるし結構楽しくなると思う」

「合わせ」とは、同じ作品の中で関連のあるキャラ同士を複数人でコスプレし、その世界観を再現することだ。

私は小学生時代、秋葉原でコスプレをして以来、そこからは遠ざかっていた。再びコスプレに手を出していることがバレたらきっとまた母とは殴り合いの喧嘩になるし、何より実際に会うことで年齢偽装していることがバレるのではないかと危惧した。だが、せっかく仲良くなった人たちと会うチャンスを手放すこともできず、とりあえず勢い任せに承諾した。他のメンバーもコスプレ経験のある人たちばかりだったため、「行く行く」「やろうやろう」と積極的で、いつもスカイプをしているメンバー全員の参加が決定した。

その翌日には、通販で自分が担当するキャラクターの衣装を取り寄せた。既製品のコスプレ衣装は楽で良いのだが、細部の縫製や装飾が粗かったりするため、完成度の高さを求めるのであれば微調整が欠かせない。

クローゼットから裁縫道具を引っ張り出し、ディテールの微調整作業を黙々とこなす。ときどき、作業机の上に置いてある鏡にちらりと自分の顔が映る。そのたびに年齢偽装がバレないか不安になって、まだあどけない自分の顔の輪郭をなぞった。

ネットではハタチでフリーターという設定になっていたのだが、化粧っ気もなくて垢抜けていないため、本来の年齢である高校一年生どころか中学生にも見える。だが、もう約束して、衣装も手元にある以上、会わないわけにはいかなかった。

　東京流通センターまで行き、ツイッターで待ち合わせした通りの場所に行くと、自分よりも十歳前後年上のオシャレな女性たちの集団を見つけた。私は心臓をバクバク言わせながら自分のハンドルネームを言って挨拶すると、女性たちは顔を見合わせて微妙な笑みを浮かべた。

「わぁ～……、思ったよりも若く見えたからびっくりしちゃったあ」

　それもそのはずだった。

　私はどう見えたら大人に見えるか苦悩した結果、ドラッグストアで安い化粧品をいくつか買って、それを見様見真似で塗りたくっていた。瞼《まぶた》にはこれでもかというほど青いアイシャドウが塗りたくられているのに、眉毛は手入れされておらずぼさぼさ。そんなちぐはぐな顔面は、童顔と相まってより一層化粧に不慣れな子どもっぽさを演出していたのだった。

　しかも、服装についても、思い出すのもしんどいぐらい酷《ひど》かった。今でも強烈に記憶に残っているのだが、近所で買った安い五百円のＴシャツとデニムのスカートで、現在の私から言わせれば、田舎に住む中学生が近所のイオンに親と休日ショッピングに行くような服装であった。

しかし、そんなコーディネートを批評してくれる友人もいなかった私は、みんなの反応を見るまで、これが最強にシンプルで大人っぽい服装だと信じて疑わなかったのだ。

そこから先のことはあまり覚えていない。とにかくグループの全員が私とは極力関わりたくないオーラを発していた。居心地が悪過ぎて、イベントでのコスプレにさっさと臨み、さっさと写真を撮って終わった。

その間もずっと、みんなが私の何かに触れないようにしていることはうっすらと気が付いていて、打ち上げのファミレスでも、みんながサワーを片手に盛り上がっている中、私はひとりドリンクバーの甘ったるい汁をすすっていた。

スカイプやツイッターみたいに楽しく話したかったのだが、何かを切り出そうとするたびに、全員がしらっとした表情になる。そんな私は、永遠に会話に入ることができず、退屈でストローをがじがじと噛んでいた。

翌日、朝起きていつものようにツイッターを開くと、昨日のオフ会に参加していた全員が私のフォローを外していた。スカイプもブロックされており、血が凍りつくような感覚になった。しかも、メンバーのうちの何人かが、そのアニメ好き界隈の他のユーザーたちに悪口を言いふらしていたようで、アンチが湧くようになった。

自分に宛てられるツイートのリプライ欄が、急速に罵詈雑言で埋まっていく。

「年齢偽装乙ｗｗ」

「偉そうなこと言ってまだ未成年だったんでしょ？」

現実世界ではありのままの自分が誰にも認めてもらえなくて、それでも誰かとつながりを求めたから、ネットで自分を偽ってまで居場所を作ったのに、それさえも崩壊した。

ツイッターでのトラブルごとき、今ではしょーもないと鼻で笑えるのだが、当時の私にとっては世界の終わりに等しかった。自分の全てであり楽園だったものが崩壊したことは、どんな苦痛よりも耐えがたく、シンプルに胸を痛めるショッキングな出来事だった。

もうツイッターを開きたくなくて、フォロワー数が数千人のそのアカウントを削除することにした。二十個以上取得していたサブアカウントも同様だった。震える手でマウスを操作し、退会のボタンを一つずつ押していく。「ご利用ありがとうございました」という事務的で無機質な文言が表示されるたびに、手の甲に涙が零《こぼ》れ落ちた。

自分が夢中で作り上げた偽りの世界は、ボタン一つで、いともたやすく崩壊するものだったのだ。

その後、夜勤明けで機嫌の悪い母に怒鳴られても、布団を被り、眠ることしかできない身体になってしまった私は、どろどろに溶けている人生の中で、軽率にオフ会に行ったことを悔いた。

部屋のクローゼットの奥に、コスプレ衣装はまだ眠っている。早く捨てたいと思ったが、もう指の先さえも動かない。

6階の死にぞこない

ネットの中でさえも居場所をなくした私は、この世の全てに終止符を打ってやろうと思って、飛び降り自殺に及んだ。九月に誕生日を迎え、十六歳になったばかりの、ある秋の日のことだった。

私は自宅マンションの六階から飛び降りた。ベランダの柵の上に立ち、東京の街を蜜色に染め上げていく斜陽を眺めた後に、「もういいや」と思って、真っ逆さまに飛び降りた。

瞼の裏で感じたオレンジ色がとても綺麗で、私はその日より美しい夕焼けを見たことがない。

まあ、残念ながら私は生きていたのだが、目を開けるとそこは病院のベッドの上だった。超がつくほど悪運の強い私は、全身打撲とかすり傷で済んで、骨一つ折れることがなかった。偶然にもマンションの下はいつも不法投棄のゴミで溢れかえっており、そこにあったソファが私の命を救ったのだった。

それでも全身にわたる傷と無数の青あざで、見た目はかなりエグいことになっていたが、若さが持つ究極の回復力はみるみるうちに私の傷を癒していった。

見舞いにきた母親は、私を数年ぶりに抱きしめた。ようやく己がしてきたことの罪に気が付いたか、と私がほくそ笑んだ瞬間、

「今まであんたにどれだけ学費かけたと思ってるのよ！」

と私を叱責し始めたので、世界は再び暗転した。この人が心配しているのはお金なんだなと、それまでどこか夢のようにぼんやりとしていた入院生活が、急にクリアになって現実味を帯びた。たぶん、そのときの母の目には、私は人間ではなく、今まで教育に費やしてきた札束に見えていたのかもしれない。

ついでに、近所の人に自殺決行現場を目撃されていたらしく、

「恥ずかしいじゃない！　そういうことしないでよね、あのマンションに住めなくなるよ！」

と言い放ち、母は私の荷物を看護師に預けると、嵐のように帰っていった。

そんな母の態度に、傷ついているはずなのに、もう不思議と涙も出てこなかった。

その日の晩は、ぼんやりと自分の生きる意味について考えた。

私は何がしたいんだろう。今まで、母の理想通りの娘になることだけに一生懸命に生きてきた。でも、それがひどく窮屈だということに気が付いたから、私は青臭いなりにそこから少しずつ離反しようとして、自分を確立しようとして、空回りして、気が付けば私自身が思う理想の自分からも遠ざかっていたのだ。

中学受験のときに思い描いていた十六歳の私は、第一志望の中学からエスカレーターで高校生活を満喫していて、勉強も趣味も楽しんで、友達もたくさんいる完璧な女子高生だったのに、今となっては何一つこの手に残っていやしない。

ベッドに仰向けになったまま、天井に掲げた手が寂しくて、病院の清潔で無味なエアコンの風を摑んだ。けれども、指の隙間から全てが抜けていって、手の中には何も残らない。それが自分の人生そのもののようで、無様で、哀れで、悲しさと虚しさだけが全身にぎりぎりと食い込んだ。

身体の傷が癒えると、私は精神科病棟に移された。以前、中学生のときに入院したところは、小児専門の病院だったが、このとき初めて全年齢対象の一般の精神科病院に入院した。

看護師に車いすで連れて行かれ、まずラウンジのような場所に案内された。窓際に置かれた大きなテレビと、少しの雑誌がある本棚、小さなキッチン。それらを監視するかのように、完全ガラス張りのナースステーションが病棟の中央にどかんと居座っていた。

「今日からしばらくここで暮らすのよ！　いいところでしょう」

看護師は笑顔で案内してくれたが、入院してからショックで一時的に失語症に近い形になっていた私は言葉を発することができず、ゆっくり頷いた。

すると看護師は、「そう、良かったわねぇ〜！」と、再びはち切れんばかりの笑顔で言った。全然良くはなかったが、面倒くさいのでもう一度私は頷いた。

「でも、もう少し元気になるまでは個室の中で過ごそうね。良くなったら、ここで他の人たちとお話しできるようになるからね」

そして私は個室の病室に連れて行かれ、そこで数週間療養した。

個人差があるとは思うが、私はうつ状態になったとき、人の喋っていることや書いてある文字を瞬間的に判断できなくなってしまった。手芸による作業療法や、今の気持ちを素直に文字で書くことは、リハビリとして非常に有効で、私にとっては硬直した心をほぐしてくれる役割があった。

看護師の親身なケアがあって、少しずつ、自分のしたいことや気持ちを言葉として口に出せるようになった私は、だんだんと他者の言っていることを素早く理解できるようになっていった。

個室から出られることになった日、私は看護師に手を引かれ、ラウンジに案内された。

「ここで、ちょっとずつ他の人とお話しする練習よ」

そこには、老若男女、本当に多様な人がいたが、新入りの私を舐《な》めるように見つめる反応は、前に小児病棟で味わったものと全く変わらなかった。

まず、統合失調症で自分を大企業の社長だと勘違いしている三十代男性から洗礼を受けた。

「自分、こういう者で、よろしくお願いしまーす！」

そう言って渡された名刺は、薄っぺらいルーズリーフの切れ端で、手書きで「株式会社　楽天社長　●●××」と書かれていた。

ほかにも、ブラック企業で散々な目に遭って休職中のサラリーマン男性、生活保護を受給中のアラフォーシングルマザー、睡眠障害と自傷で二留中の青学生、男女関係で何かとこじらせてメンタルを病んだフリーター女性、特に精神的な疾患があるわけではないが、身元の引受先がなく、社会的入院を余儀なくされているおばあちゃんなど、多岐にわたる事情を抱えた濃いメンツがガン首を揃えていた。精神科の患者を見れば、その後ろにある現代社会の闇もまた透けて見えるものである。

　さて、その中でも特に印象に残っている人がいる。私のひとつ年上の、マスミちゃんという女の子だった。彼女は、私と同じように、自宅マンションの六階から飛び降りた。

　六階というのは、建物にもよるがおおよそ地上十五メートルほどである。そこから飛び降りたときに死ぬ確率は大体イーブンと言われている（情報出典は某巨大掲示板の自殺スレ界隈であるため、科学的な見地からは一切保証できないが）。生きていたとしてもどこかしらに後遺症が出る可能性は高く、私のように五体満足で生還する例は極めて稀だったのだ。

　マスミちゃんは、腰をやってしまっていた。そのため、車いす生活を余儀なくされており、一人では入浴もトイレもできず、看護師の介助を必要としていた。

　大人ばかりの中で、私とマスミちゃんだけ十代だった。だから何となく仲良くなって、ちょっとずつ互いのことを話すようになった。マスミちゃんはさばさばした性格で、年上だということも忘れるぐらい私にも気さくに接してくれるので、何でも話せた。ただ、お互いに相手の傷口に触れないように、家のことや学校のこと、この病院に来るまでの過去は話さずに、将来どんな仕事をしたいとか、ここを出たらまず何をするかとか、未来の話をした。どちらが言い出したわけでもないが、私たちの間にはそういう暗黙の了解があったのだ。

マスミちゃんは高校に通っていないので、これから高卒認定を取って、将来は外国語の専門学校に進学したいと夢を語った。彼女の個室の机にはいつも、高卒認定の教科書が置いてあった。私はまだ自分が何をしたいかさえ分からなかったが、マスミちゃんにだけは、文章を読んだり書いたりするのが好きで、なれるなら作家になりたいと伝えた。母にさえ語ったことがない、できたばかりの、私の小さな夢だった。

そのように交流を深めていったある日、マスミちゃんは言った。

「あんた、本当によかったね。私みたいに、死ねもしないし下手に傷が残るなんて最悪だもん」

私は何とも言えない気分になった。無傷だった結果、肝心の母にはあのように言われたのだ。だったらいっそ、生きていても、原形を留めないほどぐちゃぐちゃになって、後遺症が残って、母親にごめんねって言わせたかった。

そのような思いに縛られていた私は、さり気なくつぶやいてしまった。

「私、マスミちゃんみたいになりたかった」

そう口にした瞬間、マスミちゃんの眉毛が生きているみたいにぴきぴきっと動いて、ぱしんっといい音のする平手打ちを喰らった。私の瞼の裏では星が瞬いて、近くにいた男性看護師が大層びっくりした様子ですっ飛んできた。

「マスミちゃん！　人のこと叩いちゃだめでしょ」

「だって、私みたいになりたかったって言うんだもん」

看護師は、えっという表情で私を見つめた。本当のことだったので、私は黙って頷いた。

「そんなこと言っちゃだめだよ！」

まだまだ青二才っぽい青年看護師は、明るいテンションで取り繕おうとしたが、黙って見つめ合う私たちの表情はちっとも緩まず、その場は一気に凍り付く。

「いつかそんなの間違いだったって思う日が来るよ、きっとね」

そう言い放ったマスミちゃんは、車いすを上手に使いこなし、肩を怒らせながら自分の部屋へと戻っていった。彼女の冷たくて鋭い視線は、今でも色褪せることなく、ずっと新鮮なまま、私の記憶の中で生きている。

その一か月後、私は退院することになった。仲良くしてくれた患者のみんなや看護師が閉鎖病棟の出入り口まで見送りに来てくれたが、マスミちゃんの姿はなかった。

それから彼女がどうしているのか、私は未だに知らない。

ただ、その後の人生の中でも彼女は色濃く私の中に影を落としている。今でも上手くいかないことがあって全てを投げ出したくなると彼女の顔を思い出すし、この退院後すぐも、母親と進路のことで口論になって、カッとなった私が服薬していたリチウムを含む抗うつ剤を大量に飲み、風呂場で自殺を図ろうとしたことがあったのだが、洗面器に張った水の中にぼんやりと彼女の顔が浮かんで、あのキツイ眼差しが私を睨みつけているような気がしたのだ。何もかもを投げ出して不完全な自分のまま死ぬのが本当に私の望みなのか、問いかけてくるあの目。それを思い出すたびに、私の背筋はしゃんと伸びて、嫌でも明日を見据えなければいけない気持ちにさせられる。そんな私は、やっぱり何度も死に損なって、結局、どうあがいても死ぬことは叶わなかった。

自傷をやるだけやりつくして、幸か不幸か全てが失敗に終わり、もう自分の中に殺すものが何もなくなったとき、腹の底からふつふつと怒りが込み上げてきた。

なぜ、私がこんな目に遭わなければいけないのか。過去に私を蔑《ないがし》ろにした人たちは、今日もきっと楽しく生きているというのに。どうせ死ぬなら、そんな奴らの鼻を明かして、クソみてぇな社会に一矢報いてから死んでやろう。そう考えるようになり始めた。

まだまだ子どもの思い付きであったため、どうやって一矢報いるかなど具体的には考えてもいなかったが、とにかくテレビやネットで話題になるようなでっけえことを成し遂げて、私をコケにしてきた連中をぎゃふんと言わせたい。こうやって活字に起こすととても馬鹿らしくて小学生的な発想であったが、この謎の不屈の精神が、私の生きる気力に火をつけた。

一矢報いる——そのためにはまず、社会復帰が必要だろう。中卒ニートのままではどうにもならない。

大学受験？　それももちろんだが、まずはバイトで賃金を稼いで、同世代が経験していないような社会経験をしたい。そうして、べこべこに凹んだ自尊心を膨らましてやろうじゃねーの。

こうして、死の淵から手を伸ばし、求人雑誌を摑み取って、私は中卒フリーターになった。

このとき、普通に高校に通っていれば二年生になる前の春休みのことであった。

零れ落ちて人生

私のバイトデビューは、大手ファストフードのレジ打ちだった。家から電車で二駅、駅構内にある「駅ナカ」のなかなか忙しい店舗だった。

悲しいことに、そのときの私は抗うつ剤の影響で太りに太っていたため、ユニフォームは見事にぱつんぱつん。しかも人間不信からコミュニケーション能力が著しく低下していて、レジ打ち担当の癖に人から話しかけられるだけで挙動不審になった。挙句の果てに、接客を長時間していると、気分が悪くなる始末。吐き気で勤務時間中に座り込んでしまうことが何度もあった。本当に、マジで、よく面接受かったなと思えるほどの、ゴミカススペックだったのだ。

こんな感じであるため、当然先輩バイトたちからは嫌われた。中でも主犯になっていたのが、ふっくらとした体形でお世辞にも美人とは言えないビジュアルの、佐々木という人物であった。年齢は私の一個上で、実は彼女も高校を中退していた。だが、

「私は彼氏がいるからいいの！　結婚するんだし」という主張の下、同じ高校中退でも、私とは一線を画した別の穴のムジナであることのアピールを周囲にしていた。

彼女は新人指導と称して、よく私を厨房《ちゅうぼう》の裏に連れ出した。メニューのコール（店員同士で使う暗号みたいなもの）を抜き打ちで検査し、ちょっとでも間違っているところがあると私をいびった。また、抗うつ剤でパンパンに膨れ上がった私の下半身を見て、「ボウリングのピンみたい」と悪口を言い放つなど、かなりダイレクトな精神的な攻撃を仕掛けてくる、かなり嫌な女であった。

人生初バイトを始めて早々、このような嫌がらせに直面した私は、再び精神を蝕《むしば》まれ始めた。そして、なんと情けなく精神科に逆戻りすることとなってしまったのだった。

しかし、もともと負けん気の強い性格だった私は、自暴自棄になるどころか、またもや病院のベッドの上で怒りに震えていた。何で自分ばかりがこんな目に遭わなくちゃいけないんだよと、社会という漠然とし過ぎる単位に向けて、再び勝手にキレ始めたのだった。

そんな、どこにぶつけていいか分からぬ怒りを引っ提げて、四週間という短期での入院治療を終えると、私は地獄の淵から舞い戻るがごとく、ゾンビのように、再び同じバイト先に復帰した。佐々木を始め、嫌がらせをしていた先輩たちは「辞めてなかったんだぁ〜」と口々に言った。そうだよ、何度でもよみがえってやる、不死鳥のように。

　休憩時間に事務所に行くと、佐々木たち先輩バイトや社員、そして店長でさえも、「メンヘラ」「精神病」「ショーガイシャ」というあだ名で私を呼んでいた。休職するときに店長だけには詳細に理由を説明したのだが、どうやらそれに嫌悪感を抱いて店中で言いふらしていたようだ。

　そんな風に偏見を持っているぐらいなら辞めさせればいいのに。だが、世の中には自分よりも弱そうな人間を見つけて、憂さ晴らししたい人間もいるらしい。

　人間なんてこんなもんだ。そう割り切って、部屋の隅のパイプ椅子に腰かけ、永遠にも思える膨大な休憩時間を潰していたところに、準社員の片倉さんが入ってきた。彼の第一印象は、「カオはいいけど冴えない人」。大きい図体《ずうたい》の割には物静かな雰囲気で、キャラクターにたとえるならくまのプーさんみたいな感じ。噂を聞くに、ちょっと前までパティシエをしていたらしいが、ワケありで辞めたらしい。転職活動の腰掛けとして、現在この店で働いているという。

彼は言った。

「そういうこと言うもんじゃありませんよ、店長。誰だってつらいことがあったら、病気のひとつやふたつはします。あと、佐々木さん、そろそろ休憩終わりだから戻って来て。君たちの笑い声、客席にまで聞こえてたからね」

急に気まずくなったのか、談笑をしていた人たちは「ああ……うん……」と蜘蛛《くも》の子を散らすように持ち場へ戻っていった。

片倉さんはそれを見送ると「さて、俺も休憩」と、店の原材料を保管している業務用冷蔵庫から何かを取り出した。

「じゃーん、ケーキ食べる？　俺が作ったんだけど」

満面の笑みで差し出されたそれは、チョコレートのスティックケーキだった。

「俺、前パティシエやってたんだ。だからよくお菓子作って持ってきてんの。冷蔵庫は勝手に使わせてもらってんだけど、まあ、食べなよ」

屈託のない笑顔につられて、はい、と頷いた途端に、私の瞳からボロボロと涙が零れた。びっくりするぐらい、急に滴り落ちた。私は慌ててそれを拭おうとしたが、止めどなく溢れて来て、どうしようもなかった。片倉さんはそんな私の頭を撫《な》で、黙って見守っていた。

反撃の狼煙を上げろ

かといって、別にこれで片倉さんを好きになるとか、付き合うとかいうことはなかった。ただ、多少はそのケーキに救われたのも事実で、私は以後も無遅刻無欠勤の優秀なバイトとして働いた。

その大きな目的はもちろん、お金のため。このときは母親の扶養に入り、生活費もその懐に甘んじている状況だった。

しかし、母親は喧嘩の度に、そのことと高校へ行っていないことをセットで持ち出してくる。私がムキになって、じゃあこれから生活費入れるから！　と主張すると「中卒フリーターの稼いだ端金《はしたがね》なんて受け取れない」との一点張り。

だからもう、私は大学の入学金ぐらいは自分で出して、吠え面をかかせてやることにしたのだ。

心の支えができた他にもう一つ、私に変化があった。それは、抗うつ剤の服用を止めたことだった。

本当は退院後もしばらくは服用するように言われていたのだが、コイツを飲むとどうにも思考がボヤける。自分にとって良いものだとは思えなかったため、通院で貰った薬を飲まずに、全てゴミ箱にぶちまけた。かなり危険な荒療治ではあったが、その甲斐あって薬断ちをすることができた（※2）。

薬を止めてから、それまでの暴力的な食欲がぴたりと治まった。

すると、私の体重はみるみる減って、肉襦袢《にくじゅばん》を脱いだかのように全身のサイズが一回り小さくなった。

元々身長は高い方だった。そのため、偶然の産物ではあったがスレンダーなモデルスタイルを手にし、自分で言うのもなんだが、気づけば私は世で言う「美少女」のカテゴリーに分類される人種になっていた。

街ではやたらナンパされるし、バイト先でもチヤホヤされるようになった。話下手は相変わらず治らなかったが、見た目が可憐になるとそれさえも美少女要素を構成するスパイスになり得るようで、店の男子大学生たちは超高速で手のひらを返してきた。常におどおどしているカワイイ女子が困っていたら、助けたくなるのが男の性らしい。

また、意外なことに同性からも好かれるようになり、女子大生の先輩たちは、よく私を食事やら遊びやらに誘ってくれた。

「なんでそんなに可愛くなっちゃったの？」

「やっぱり恋？　相手はうちの店の人？」

女子特有の洗礼に面倒くせぇな、と心中で悪態をつく。誰かに恋をしなきゃ女は綺麗になっちゃいけないのかよ。

でも、もうハブられたくはなかったし、私に声を掛けてくれることには感謝をしていたから、必死に笑顔を貼り付けて話を合わせる。

私をあれほど目の敵にしていた佐々木も、目をらんらんと輝かせて迫って来た。

「ねぇ～、どうやってそんなに痩せたの？　なんで可愛くなったの？　ヨガ？　ピラティス？　教えてよ。そだ、こんど一緒にご飯行かない？　あと映画！」

そうですね、うつで苦しんで抗うつ剤たくさん飲んで、それを急に断つといいですよ。

こんな調子のいいことを言っていた彼女だが、裏では私を敵視し、悪口を死ぬほど言っていたようだった。そりゃ、自分のストレスのはけ口にしていた芋っぽかった後輩が急に可愛くなってモテたらムカつくのかもしれない。

だが、こういう人間は古今東西どの世代にもいるもので、どの年代になっても面倒くさい。女子大生の先輩たちは「あいつ嫉妬してるだけだから、気にしないでね」と慰めの言葉をかけてくれた。

私はいつも困っているふりをして、周りの庇護欲を掻き立て、自分の居場所を確保するために利用した。そうすることで、それまで砂漠に咲く一輪の花のように枯れ果てていた私の承認欲求も、ざぶざぶに満たされていったのだった。

バイトを続けるついでの理由は、だんだんと接客が楽しくなってきたからだった。常連さんは毎日働いている私の顔を覚えてくれて、中にはわざわざ私がレジをやってる時間を見計らって並んでくれる人もいた。

「佐々木さんって元気良いんだけどちょっとキツイんだよね。早乙女さんぐらい大人しい方が落ちつくなあ」

いつもコーヒーとハンバーガーを頼む常連の中年男性が、周りに聞こえないようにぼそりと言った。私は心の中で二百回勝ち誇った。

さらに幸運だったのは、私をメンヘラ呼ばわりしていた店長も代替わりし、新しく来た社員たちはシフトを埋めてくれる私のことを重宝した。そしてついに、バイトの中でも上のランクにタイトルアップする話を貰ったのだ。

こうして自分のポジションを確立し、充実を感じ始めるようになったある日のバイト中、忘れもしない衝撃的な出来事が起こった。

夕方帰宅する人を狙って、駅の改札前でクーポン券を配っていたときのことである。突然、一人の派手な女子高生に話しかけられた。

「かな子、久しぶりっ」

一瞬誰か分からなかったが、小学校のときの同級生の子――それもただの同級生ではなく、ずっと私に憧れていたという女の子、サキであった。

私は、小学生のときは卒業直前に不登校になっていたものの、それまではかなり優等生だった。運動会のリレーは毎年選抜選手に選ばれ、学芸会をやれば主役、その上生徒会長。

サキは生徒会の選挙で二度も私に負けていて、それでも「やっぱりかな子ってすごいね！　頑張ってね！」と言ってくれた素直な子であったが、とても気が弱いので、よくいじめの標的にされていた。彼女が女子グループから仲間外れにされていたとき、私が助けてあげたこともあった。

「ああ、久しぶり……！」

「高校やめたって聞いたよ！　こんなところでバイトしてたんだ！」

やけにニコニコした顔で語る、サキ。

「えっ？　誰から聞いたの？」

そう問いかけたが、彼女は私の問いに答えることなく、マシンガントークの銃口を静かにこちらへ向けた。

「あのね、私高校で生徒会長に選ばれたんだ！　あ、あとね！　彼氏ができたの！　高三の先輩で年上なんだ！　これから待ち合わせなの！　初めてのデートだから、もうドッキドキ！　かな子は高校やめてこれから色々大変だと思うけど、就職とかするのかな？　じゃあ、頑張ってね！　バイバイ！」

驚くことに、彼女は一方的にそれだけ言い放ち、嵐のように去っていった。根が素直な子だったからこそ、彼女の言葉が私の胸に突き刺さった。私は片手にクーポンを持ったまま、鳩が豆鉄砲を喰らったような顔をして立ちつくした。

今まで私に勝ちたくてしょうがなかったんだろう、そして今私よりも幸せな状況に置かれていることを私に伝えたくてしょうがなかったんだろう。まくし立てるような言葉でのマウンティングから、そんな思いがひしひしと伝わってきた。私はバイト中だということも忘れて、改札の人ごみに消えていく彼女の後ろ姿を呆然と眺めていた。

　バイトから帰宅し、薄暗い自宅の玄関になだれ込んだ瞬間、大声で泣いた。昔助けてあげた子に、暗に「お前は私以下」と宣言されるなんて、たまんねぇ。

　もしかしたら、彼女は純粋に恩人の私に「元気でやってるよ」という報告をしたかっただけなのかもしれないが、真意はどうあれ、とにかく必死にあがいて前に進もうとしていた当時の私には、彼女の言葉はナイフのように鋭利に鳩尾に突き刺さった。

　バイト先の人間関係が円満になり感覚が麻痺していたが、私は高校を中退した中卒フリーターなのであった。いくらバイトに励んでいようが、「世間様」から見れば、クズだとかどうしようもない人間だとかいうレッテルを貼られるカテゴリーの人間だったのだ。

　同世代カーストの勝ち組から一気に放り出された現実を改めて突きつけられた私の思いは、ただ一つだった。

　絶対に大学に行こう。それも、人に胸を張って言える、きちんとした水準の大学に。そう胸に誓い、この一件から、なんとなくしか考えていなかった大学受験を、本格的に視野に入れるようになった。

痛い初恋

プライドをバッキバキに粉砕された私は、悔しさに身を引き裂かれそうになりながら、十七歳になる直前の八月、高卒認定を受験して見事に全教科一発合格した。バイトが順調にまわり始めたとはいえメンタルもまだ本調子ではなかったのだが、憤死しそうなほど熱く煮えたぎるサキへの怒りが私を奮い立たせ、合格をもぎとった。

実は、バイトを始めたのと同時期（つまりフツウだったら高校二年生に上がった頃）に、高卒認定対策専門の予備校に通い始めていた。通い始めていた、というよりも、とにかくこの宙ぶらりんな娘をどこかに所属させたかった母によって強制的に入れられた、という表現の方が正しいかもしれないが。

その予備校には私と同じように、何らかの理由で高校に行けなくなった人や、中学卒業後働いていたけれども大学に行きたいという夢を持った人が集まっていた。

みな生い立ちも、年齢も、事情も、心に受けてきた傷も、違う。だからこそ完全に放任主義で、出席も取らない。大学のように毎週同じ時間に同じ授業が開講されていて、自分の気が向いたときに、好きな授業に出ればいい。そんなスタイルだった。だから予備校というよりかは、フリースクールという名称がふさわしいのかもしれない。

私はお言葉に甘えて、そこへ全く顔を見せずに、バイトに精を出していた。要するに籍だけ置いてある、幽霊部員ならぬ、幽霊生徒であった。

高卒認定は、芸能人やスポーツ選手など一部の有名人のおかげで、大学飛び入学のための難しい試験というイメージが強いようだが、実際にはそんなことはない。本質は何らかの事情で高校をドロップアウトしてしまった人に対してチャンスを与えるための試験であり、そのため科目ごとの合格最低点も四割程度と非常に緩やかである。したがって、概ねどの科目も高校一年生程度の範囲がしっかりと押さえられていれば、確実に合格できるのだ。

しかも、八月・十一月と年に二回開催され、もし八月の試験で何個か不合格の科目があったとしても、年内にもう一度チャンスがある。なんと優しい世界なのだろうか。

で、その試験を八月でさっさと全科目パスした私は、別にもう通う必要もなかったのだが、一応無事に合格したことを伝えるため、スクールまで足を運ぶことになった。池袋の外れにある、少しさびれたビル。気は進まなかったが、合格証明書を片手に、蛍光灯がチカチカして今にも消えそうな薄暗い階段を上り、二階にある受付に向かった。

顔もよく分からないスクールのスタッフたちは、私の報告に大喜びしてくれた。おばさんが「やったねえ！」と強く私の肩を叩くが、マジで誰だよ。別にすごくもないじゃん、と不愛想な顔をしてむくれていた私に、一人の若い男性が顔を覗《のぞ》き込んできた。

「頑張ったね」

どなたか存じ上げないが、ストレートに顔がドストライクだった。少し眉尻の下がった、幸の薄そうな顔。その微笑みに、心臓がぎゅ、と絞られた。これが私の初恋だった。

このスクールでは、通常の予備校のように授業をする先生以外にも、生徒一人ひとりを担当して進路相談にのる教務スタッフがいた。

私が恋に落ちたのは、その教務スタッフで、しかも自分の担当であった入間先生だった。当時二十九歳、独身。スクールに入校手続きをしに行った折に一度だけ会っていたような気もするが、そのときは精神的にグロッキーな状態だったため、彼の顔を覚える余裕もなかったようだ。

十七歳。私の初恋は痛かった。とにかく痛かった。

私は彼に会うために、高卒認定対策専門のフリースクールに、まさかの高卒認定に合格してから通い始めるようになった。ちょうど大学受験を視野に入れて本格的に勉強を始めたことを理由に、ペースづくりだと言い張って、バイトがある日も午前中早くからスクールに通い詰めた。

かといって、別に授業に出るわけでもなく、職員が作業をしている受付のあるフロアの自習スペースを陣取る。そして入間先生が見える位置に座り、参考書を広げて熱心に勉強する姿を見せつけていた。そしてその片手間に、彼をずっと観察していたのだった。

休憩は何時に取るのか、洋服はどこのブランドの物なのか、いつもコンビニでよく買う飲み物は何か。

入間先生の一挙手一投足を舐めるように見つめて、腕時計を見るために袖を少しまくったり、飲み物を飲んだときに唇を親指で拭ったり、そんなちょっとした仕草に「萌え」を感じて頬を緩ませる。フルネームを知った際にはすぐさまフェイスブックで検索して、彼の過去の投稿から、住所を割り出した。このように好きな人の住まいを特定する程度であれば、まだやる人もいるかもしれないが（いるって言ってほしい）、私は実際にその場所まで行き、彼と偶然会えないかそのあたりを一日うろついた。

　極め付けには他のスタッフからそれとなく誕生日を聞き出し、当日には手作りの着色料たっぷり似顔絵デコレーションカラフルクッキーを、十五センチ四方のギフトボックスにこれでもかというほど詰め込んで、手渡しした。

　はっきり言って、タチの悪いストーカーである。私が生徒で未成年でなければ、完全に通報案件であるし、思い返して我ながらやべー奴だったと思う。

　入間先生はぐいぐい来る私に、困った素振りをした。だが、こういう癖のある生徒の扱いには慣れているのか、露骨に嫌な顔をしたり邪険に扱ったりすることはなかった。

　だからこそ、ろくに恋愛経験もなくて処女で若くて青い私は、その優しさを勘違いして、自分に分があるものと思い込んでいた。

今まで人からまっすぐの愛情を受けなかった人間の恋愛は恐ろしい。本当の愛がどんなものか知らないから、一度都合よく思い込んでしまえば、彼のどんな行動も私への好意なのだと勝手に変換されてしまう。

そして、その自分にとって都合の良い、蜂蜜のように甘ったるい世界に一度浸かれば、どこまでも溺れていきそうなほど夢中になる。

郵 便 は が き

料金受取人払郵便

代々木局承認

6948

差出有効期間
2020年11月9日
まで

1 5 1 8 7 9 0

203

東京都渋谷区千駄ヶ谷 4-9-7

(株) 幻 冬 舎

書籍編集部宛

1518790203

ご住所 〒 都・道 府・県	
	フリガナ お名前
メール	

インターネットでも回答を受け付けております
http://www.gentosha.co.jp/e/

裏面のご感想を広告等、書籍の PR に使わせていただく場合がございます。

幻冬舎より、著者に関する新しいお知らせ・小社および関連会社、広告主からのご案内を送付することがあります。不要の場合は右の欄にレ印をご記入ください。

不要 □

本書をお買い上げいただき、誠にありがとうございました。
質問にお答えいただけたら幸いです。

◎ご購入いただいた本のタイトルをご記入ください。

『　　　　　　　　　　　　　　　　　　　　　　　　』

★著者へのメッセージ、または本書のご感想をお書きください。

●本書をお求めになった動機は？

①著者が好きだから　②タイトルにひかれて　③テーマにひかれて
④カバーにひかれて　⑤帯のコピーにひかれて　⑥新聞で見て
⑦インターネットで知って　⑧売れてるから／話題だから
⑨役に立ちそうだから

生年月日	西暦　　　年　　月　　日（　　歳）男・女			
ご職業	①学生	②教員・研究職	③公務員	④農林漁業
	⑤専門・技術職	⑥自由業	⑦自営業	⑧会社役員
	⑨会社員	⑩専業主夫・主婦	⑪パート・アルバイト	
	⑫無職	⑬その他（　　　　　　　　）		

このハガキは差出有効期間を過ぎても料金受取人払でお送りいただけます。

ご記入いただきました個人情報については、許可なく他の目的で使用することはありません。ご協力ありがとうございました。

修学旅行コンプレックス

よこしまな理由があるとはいえ、急に勉強に精を出し始めた娘に、母親は喜んでくれるのかと思えば、そうでもなかった。

「本当に中卒からロクな大学行けるのかねぇ」

母親は夜勤や当直でほとんど家にいなかったが、顔を突き合わすたびにそのような小言を漏らした。そのときは必ず、「中卒」という、私の神経を最も逆撫でするワードを盛り込んで。

どうせ私が勉強をしてもしなくても文句言うんだ、この人は。そんな母と同じ空気を吸っていると自分にもその毒気が回ってきそうな気がして、彼女との距離を置く術を考えるようになった。

二回目に入院した精神科の担当医の発言で、最も印象深いことを思い出した。

「人間っていうのはね、喧嘩しているときほど互いの物理的距離が近くなってしまうものなんだ。相手の粗を探してやろうって息巻いて、相手の行動をいちいち見てしまう。そしてまた争ってイライラする悪循環に陥る。だからね、ムカつくときほどぐっとこらえて、離れた方がいい」

　私も母も、それぞれ、ままならない生きづらさを抱えて、かろうじて二本足で立っていた。そんな女同士、互いのフラストレーションを吐き出す口実を見つけるために、私たちはいつも互いがボロを出す瞬間を毎日監視し合っていたのだ。

　くわえて、母親の性格的な部分もあったと思う。

　完璧主義の母親は、物事に対して少しでも欠落している点を見出すと、ひどくヒステリックになる節があった。だから私がどんなに勉強という行為をしていても、今現在所属している高校がなければ「中卒」という欠落点にアレルギーのように過敏に反応して、人格レベルでダメ出しをする。

　性格というものは伝染する。厭味やネガティブなことばかり言う人間の傍にいても、自分が得することなど一つもない。たとえ家族であろうと、その毒を断ち切るためには、躊躇《ちゅうちょ》せず距離を置いた方がいいのだ。

こう考えた私は、母に対して苦しさを感じたとき、旅に出ることにした。幸い、バイトに精を出していたおかげで既に貯金は三十万円ほどあった。シフトにもそれなりに入っていたため旅費の捻出には苦労せず、母親も私と距離を置きたいと思っていたのだろうか、この件に関してとやかく言われることはなかった。

何を隠そう、中学も高校も修学旅行に行けなかった私はとにかくそれがコンプレックスで、街中で自分と同世代の制服を着た人間を見るたびに刺し殺したくなるほど、勝手に恨みを抱いていた。

私は、どれだけ周りを見下していても、やっぱり心のどこかでは仲良くしてくれる人が欲しかったのだ。いや、自分が上手く輪に溶け込めないから、周りを見下すということで孤独な自分を正当化していたのかもしれない。

とにかく、本当は、仲の良い友達と楽しく修学旅行の自由行動なんかをしてみたい人生だったのだ。

そんな今となってはもう叶わない破滅的な願望が、私の心を縛り付ける。自分が無差別殺人を起こして、日本中から指名手配される夢を見ることもしばしばあった。早朝三時ぐらいに、全身の毛穴という毛穴から汗が噴き出すほどの悪夢にうなされて起きるたび、本当に誰かを刺し殺してしまう前に、どうにかして、この自分の感情を処理しなければならないと切実に感じた。

世界を制覇するがごとく、私は各地を奔走した。旅程などあったもんじゃない。とにかく知らないところに行くという行為そのものが私の劣等感に染み込んで、傷を癒してくれた。まるで消毒液のようだった。

私の旅行は、それ自体が目的ではない。自分のコンプレックスを揉《も》み消すための手段だったのだ。

だから私は、一泊二日から二泊三日という超タイトなスケジュールで、有名どころの観光地をサクサクと巡回する超効率的な小旅行を繰り返した。そこにはもちろん、バイトの休みの都合や、入間先生に会えなくなる寂しさという切実な理由もあったのだが。

国内は京都、大阪、仙台、名古屋、広島、博多、松山、伊勢、鬼怒川……全国の有名な都市や県庁所在地はほぼ踏破した。

何よりものお楽しみは、旅行から帰って人にお土産を渡すときだった。「ふらりと一人で旅に出ちゃう自分」を周囲に知らしめたかった私が、最高に輝く瞬間である。

バイト先の休憩室に「○○に行ってきました！　良かったら食べてください」とメモ書きを添えて置いておけば、社員や先輩たちとの話題の種になってチヤホヤしてもらえた。

私よりも後に店に入ってきた高校生バイトが「いいなぁ〜、修学旅行でも行ったことない」と零したときには、心の中でガッツポーズをして静かに勝ち誇った。

もちろん、フリースクールの方にもお土産を持っていった。お菓子、ご当地キーホルダー、ボールペンなど毎度大量のお土産を持っていき、入間先生の幸薄そうな顔を、より一層困らせた。

つまり、私にとっての旅行は、母とのぐつぐつに煮えたぎった関係をクールダウンさせるだけでなく、コンプレックスを払拭して他人に自分という人間を魅力的に見せるためのレフ板のような役割を持っていたのだった。

むしろ、後者の意味合いの方が強かったのかもしれない。十七歳にして型破りの生活という、新しく確立した自分のスタイルに誇りを感じていた、どうしようもない子だったのだから。

私は高校に行かなくてもイケてる人間だって、思われたかった。

そんな生活を続けること数か月、新幹線で京都まで行ったときのことだった。

駅構内の喫茶店で休憩をしていると、私の背後を通り過ぎた年配の男性が、何かのはずみでトレーの上にある食器を滑らせたようだった。

大きな音がして振り返ると、自分の足元には、粉々になった食器と、飛び散った食べ物。椅子の背もたれにかけていた私の安物のストールに、少しだけ茶色いシミがついていた。

「ごめんなさい、お怪我《けが》は？」

しっかりとした背広を着て、りっぱな髭《ひげ》をたくわえている男性は、気の毒そうに私を眺めた。

「ああ、平気です」

私はストールにはねたコーヒーのしぶきを急いでウエットティッシュで拭った。範囲も小さかったので、すぐに目立たなくなった。

店員が急いで片づけに来たので、私も何事もなかったかのように、広げていた参考書の文字を追う作業を再開した。

「お嬢さん、さっきはすいませんでした。これはお詫びです」

頭上から低いしわがれた声がして、ぱっと顔を上げると、さっきの年配の男性がいた。手には、この店で売っているギフト用のインスタントコーヒーの詰め合わせがあった。それも一番上等なやつ。

「そんな、気を遣わないでください。汚れも大したものじゃないし、安物なんで」

「それでも僕の気が済まないから受け取ってください。ほら、もう買っちゃったんだし」

男性は押し付けるようにして、私にギフトボックスを渡した。

「少し、お話ししても？」

うんともすんとも返事をしていなかったと思うが、男性は勝手に私の前に荷物とトレーを置いて着席した。すごく強いタバコのにおいがする人だった。

「受験の参考書なんて広げているから気になって。高校生？」

私は「はい」となめらかに嘘を吐《つ》いた。

「学校で勉強するのが少し疲れて、気分転換にこういうところに来ています」

「この辺の高校？　関西訛《なま》りがないね」

この男性は私の弱いところを的確についてきた。長く生きている人には全て見透かせるほど、私の中身は薄っぺらなのだ。

それでも私は高校生のふりをして、「東京の学校の生徒だけど、受験勉強に疲れて旅をしながら場所を変えて受験勉強をしている」という、かなり無理のある設定を語った。

「へえ。じゃあ、キミがこの旅で得たものを聞かせてください」

まるで何かの面接のようだった。今思うと、男性のしっかりとした身なりや言葉遣いから察するに、実際にそういう「人を選ぶ側の人」だったのかもしれない。

私は自分の脳みその中のありったけのシナプスを総動員させて、それっぽい理由をでっち上げた。

「旅の話をしたり、お土産を持ってきたりすると、みんな嬉しそうな顔します。あとは、同世代の子がやってないことをするのは、自慢できるっていうか……」

私の言葉を遮るように、男性はふふふと笑った。

「旅はそれ自体が目的のはずだよ。もっと自分のための旅をしなさい」

その男性には、やっぱりお見通しだったのだ。旅そのものが目的ではないことも、私がドデカいルサンチマンを抱えていることも。

私は、修学旅行をエンジョイできるような同世代に対して、十七歳が背負うには巨大過ぎるコンプレックスを持っていた。それを解消するための私の旅は、悪く言えば、同世代から遅れを取った自分の現状から目をそらし、他の部分で優位に立つためのツールであった。

振り返れば、今までもずっとそうだった。

私は、誰かに勝ちたいから何かをする生き方をしてきた。中学受験も、入りたい中学があったから受験したわけじゃない。公立中学に行くような子と自分の間に段差を作って、ついでにきょうだいの中で誰よりも母親に認められたかったから。バイトだって、同世代がまだあまり経験していないようなことをやって、自分を特別な存在にしたかったから始めた。

今取り組んでいる大学受験だってそうだ。大学に行くこと自体が目的じゃなくて、難なくのほほんと高校に行った同級生たちよりも偏差値の高い大学に入って、彼らや、高校に行かない私を蔑ろにする母を見返したいからだ。いつだって、それ自体を本心から自分がしたいわけじゃなかった。

自分のためじゃない。周囲に「勝つ」ための手段として、いつも何かをしてきた私は、旅行でさえも、他者と自分を差別化するための道具になってしまう。

私の人生は、どす黒い復讐の一色で塗りたくられた人生だ。

この日に会った男性は、私のそんな浅はかさに、気が付いていたんだと思う。

その後、男性と別れた私は、自覚させられた自分の薄っぺらさにしょんぼりした気持ちで琵琶湖線の列車に揺られて、彦根市へ行った。

当時はゆるキャラブームの黎明期《れいめいき》で、私は彦根市の「ひこにゃん」にダダハマりしていた。ひこにゃんが東京駅地下にある東京キャラクターストリートでのショーに登場しているのを見てから好きになり、彦根城まで会いに行った。

ひこにゃんは定時になると彦根城天守前に現れ、小さい子どもやその付き添いらしきおばちゃん、明らかに近所の人っぽい軽装のおじいちゃん、そして東京から遥々やって来た中卒フリーターの私にも、誰にでも等しく愛嬌を振りまいていた。

その帰りに琵琶湖へ立ち寄った。

日本最大の湖は、想像していたよりも、気が遠くなる広さだった。眼下に広がる湖面を眺め、私はいつか死ぬなら、ここがいいと思った。

そして、私はこの日、初めて旅先の景色をちゃんと見た気がした。

「いいお嫁さん」

ファストフード店のバイトたちは、基本的に年齢層が若い。そのため、ときどき誰かの家で飲み会が開かれることがあった。

私はアル中だった父親の影響で酒が好きではなかったし、何よりも勉強に時間を割きたかった。だから、そういう飲み会系のイベントは全力でスルーしていたのだが、たった一回だけ参加したことがあった。

それは、転職活動中であった片倉さんの内定が決まり、そのお祝いとお別れ会をやることになったときだった。

私はそのとき、人生で初めて「宅飲み」なるものに参加させてもらい、朝まで一晩どんちゃん騒ぎを経験した。

とはいえ、私は、一晩ポンジュースだった。悪い先輩たちにアルコール度数の低い酒を飲むように勧められたが、気乗りしなかったし匂いがダメだった。アルコールの匂いが、私に父を思い出させた。

そんなわけで自分一人だけ素面だったが、周りの先輩たちがとても楽しそうに騒いでいるのを見て、なんだかよく分かんないけど「私リア充だなぁ、ここまでよく人生立て直したなぁ」と謎の感慨に浸っていた。

やがて、つまみが切れたので、近所のディスカウントストアへ買い出しに行くことになった。深夜一時であった。

先輩たちはでろんでろんに酔っぱらって、口の端に吐物を光らせている者さえいた。正直ドン引きの地獄絵図であった。さらに家主である早稲田の女子大生も、便座を上げて剝き出しになった便器に顔を突っ込んだまま、再起不能になっていた。こりゃ、だめだ。

「買い出しなら私、行きますよ」

唯一正気を保っていた片倉さんにそう告げると、さすがに夜も遅かったので、二人で一緒に行くことになった。

外へ出ると、空気が澄んでいた。春が近づいてきたとはいえ、まだ肌がちりちりとするぐらい寒い時期だった。

「ちょっと冷えるね」

「そうですね」

「みんな酔ってたね」

「そうですね」

初心者同士の卓球ラリーみたいな、ぎこちないありきたりの会話を続けながら、静かな夜道を歩いた。すると片倉さんは何の前触れもなく、いきなりぶっこんで来た。

「彼氏、おるん？」

私はあまりにも唐突過ぎて、片倉さんを睨みつけながら「はぁ？」と大声を上げた。するると、人差し指を口に当て「今、夜中の一時」と制された。いないですよ、と慌てて小声で反論する。

「そうなん？　最近急に痩せたから、そういうことかと思って」

うっすらと関西訛りのかかった、おぼつかない標準語が耳につく。

「それは……」

飲んでいた抗うつ剤を止めたから、急に体重が落ちたんです。なんて、言えるわけもない。私が口ごもっていると、片倉さんはアッと急に声を上げた。

「それ、ひこにゃんやろ」

彼が指さしたのは、私が片手に持っていた、ひこにゃんの小銭入れだった。滋賀現地のお土産屋でしか売っていないちょっとレアのやつ。

「そうですけど、何か」

「俺の地元、そこなんだよね」

「へえ、そうなんですか。私、ひこにゃんの追っかけやってて、こないだ彦根行ってきたんです」

「マジか！　ようやるなあ」

　私たち以外には誰もいない真夜中の路地で、彦根のローカルトークで盛り上がりながらディスカウントショップへたどり着く。地元の話をしている片倉さんは、まるで憧れのヒーローについて語る小学生みたいだった。

　先輩たちから託されたリクエストのメモを広げると、明らかに酔っ払いの腑《ふ》抜《ぬ》けた字で、メンマ、チャーシュー、さけるチーズ、柿ピー、梅チャーハン……などと殴り書きされていた。

「いや、最後の梅チャーハンって何ですか」

「作れってことか」

　そして無事につまみと梅チャーハンの材料を買って帰ると、私と片倉さんは二人で台所に立った。

ワンルームマンションの、玄関に隣接した超狭いキッチン。しかし、そんなハンデをものともせずに、片倉さんは器用に料理の準備を始めた。

私はチャーハンに入れる梅を刻んでいた。

「上手いやん。いいお嫁さんになれるな」

「……いいお嫁さんって、何ですか」

私はそういった性別役割分業に基づく、無責任な褒め言葉が好きではなかった。「男並みに」活躍する「女らしい」女になるため、母に躾けられた記憶がチラつくからだ。

そして、結局、私は母の望む、「娘」にも「息子」にもなれなかった。

私が苛立っている雰囲気を察したのだろうか、片倉さんは「なんやろなあ」とすっとぼけた返事をした。梅を刻むザクザクという音が、私たちの会話の隙間を埋めていく。

夜が明けて会がお開きになるときに、私と片倉さんはメールアドレスを交換した。どっちが交換しようと言い出したのか、眠気でやり取りは全く覚えてはいないが、カーテンの隙間から朝日が漏れ始めた死屍《しし》累々《るいるい》のワンルームマンションの隅で、彼から確認の空メールがしっかり届いていた瞬間は、今でも胸に刻まれている。

恋が死亡

ほどなくして、片倉さんは就職のために店を辞めた。しかし、とくにその後連絡を取るということもなく、片倉さんはたまにふらっとスーツ姿で店に顔を出して、コーヒーを飲んで帰っていった。

それよりも、そのときの私の一大事は、入間先生に告白するかどうかだった。今思えば、告白などしなくても確実に向こうはこちらの好意に気が付いていたと思うのだが、なまじ高卒認定を取ってしまったため、次の年度も高卒認定対策のフリースクールに居座る理由もなく、三月で「卒業」ということになっていた私は、焦りに焦っていた。

告白と言えば人気のないところに呼び出して直接伝える、あるいはラブレターを渡すというのが王道の手法だろう。しかし、人気のないところに呼び出そうとしても入間先生は「話なら面談室で」との一点張りだった。それどころか、私からの山のような贈り物を上の職員に注意されたのか、「もう生徒からモノは受け取れない」と手紙を渡すことさえ難しくなった。

どうやってこの想いを伝えるべきか思案した私は、なんと保護者向けのパンフレットで入手した入間先生の事務用のメールアドレスに超長文で告白を送り付けたのだった。

で、人生も恋愛も仮免許の初心者マークで、入間先生に見切り発車で突っ込んだ私は、結果を言うまでもなく、無事に爆死した。

メールを送った翌日、入間先生は私を面談室に呼び出し、このときばかりはさすがにドアを閉めた。

「まだ若いんだから、これから色んな人に会うよ」

大人になった今だから分かる、入間先生の、私を傷つけないための配慮。それなのに、十七歳の私は、「もうこれ以上好きになる人なんていない！」とわんわん泣いて駄々をこねた。人生初の失恋を受け入れられなくて、二時間ぐらい号泣した。涙で化粧が崩れる恥ずかしさでずっと突っ伏していたが、入間先生はたぶんずっと、いつもの幸の薄そうな顔で私を見守っていたのだと思う。

私がフリースクールに足を運んだのは、その日が最後になった。フツウであれば、高校三年生に上がる前の春のはずであった。


恋に敗れた私は、失恋の痛みを誤魔化したくてバイトに励もうとした。家にいて精神に自由な時間ができると、ついついその傷口をなぞってしまう。何もしないでいると、入間先生の顔を思い出し、声が再生されて、涙が出た。だから、とにかく強制的に他のことで頭をいっぱいにする時間が欲しかったのだ。

だが、結局勤務中にも、ふとした瞬間に彼の影を思い出してしまう。レジから見える駅の改札に、入間先生に似た人を見つけると、足が動かなくなる。バイトは決して失恋に有効なモルヒネにはならなかったのだ。

自宅や図書館で勉強していても、参考書の文字が追えない。ましてや旅行へ行く気力は残っていなかった。

人生で最初の失恋は、想像以上に私の気力と体力をじわじわ奪っていったのだった。

パンツは　はいておけ

一世一代の大失恋をした私は、大学受験の勉強に本腰を入れるという建前でシフトをじわじわと減らすようになっていた。

そんなことをしているうちに、それまで可愛がってくれていたバイト先の社員たちから、よそよそしい態度を取られていることに気が付いた。食事も向こうから誘ってくれていたのに、今はこっちから誘っても、メッセージの返事さえ来ない。挨拶しても返してくれない。業務連絡だけはかろうじて聞いてくれるが、誰も目は合わせてくれない。

社員たちの顔色を窺《うかが》いつつ、その日の帰りに、事務所で休憩していた店長に「あのう、私何かしましたか」と恐る恐る尋ねた。

すると、店長はたばこをぷかぷかふかしながら、私の顔も見もせず、煌々《こうこう》と光るパソコンの画面を見つめながら答えた。

「あのさ、将来のことが大事なのも分かるんだけど、いきなりシフト減らしたりされると困るんだよね。こっちも人手が今足りないしさ。別に勉強するなって言ってるわけじゃないんだけど、店側としては商売だしさ。正直、俺としては店の将来の方が大事なわけ」

　血が全部足元に下がっていくような感覚がした。学校も行っておらず、家にも居場所がない私の唯一の居場所。その小さな世界が足元から崩れていくのを感じた。

　そして店長は、たばこの煙をフーッと吐ききり、私にとどめを刺した。

「あれ、なんか勘違いしてない？　僕は君を可愛がっていたわけじゃなくて、シフトにたくさん入ってくれる子を可愛がっていただけだからさ。別に君じゃなくてもいいんだよ」

　返す言葉を失った。私は拳を握って黙って俯《うつむ》いた。

「それとも、潔く受験終わるまで長期休暇にする？」

　思いも寄らぬ提案に、私が「はい！」と返事しかけると、

「ただし、そしたらタイトルアップの話はなしね」と店長は強く言い放った。

「あのねぇ、社会ってそんなに甘いもんじゃないから。期待通りの働きができない部

品に、高い時給くれてやる理由なんてないでしょ？」

部品、だったのか、私は。

「まあ、もし辞めるなら、代わりにたくさん入れる子紹介してくれると助かるわ」

店長は、ついに私の顔を一度も見ずに話を終えると、私を事務所から追い出した。

私は何も言い返せなかった。いや、言い返せなかったというよりも、「そうか、シフトにたくさん入れない自分は要らないのか」と、妙に納得してしまっていた。

その次の週、バイトへ行くと、新しい制服に身を包み、勝ったといわんばかりのウキウキ顔をしている佐々木がいた。不良品と化した私の代わりに、彼女がタイトルアップを果たしたようだった。

彼女は言った。

「高校行かなかった人間が大学なんか行けるわけないじゃん。何頑張っちゃってんの？」

そして、私はバイトを辞めた。

十八歳になる直前の、夏のことであった。

自分にとって残された、世界で最後の居場所からも追い出された。しかも、ご丁寧に、色んな人から不用品というレッテルをぺたりと貼り付けられて。

私にはもう、○○高校×年とか、□□店従業員とか、フリースクールの生徒とか、フツウの人が持っているはずのそういう所属や肩書がない。さらに家庭崩壊もしているから、母の娘であるとか、兄の妹であるとか、そういう意識すらも薄れていた。また社会とのつながりをなくした私は、素っ裸で宇宙空間に放り投げられた気分だった。

世界の何もかもが私に冷たい。

自分を認めない、愛さない他者や社会への恨みが腹の底でいつもふつふつと煮えたぎっていた。でもそれをぶつける場所はどこにもないから、怒りは不完全燃焼で炭のように私の胃の中で固まって、ちりちりと、静かに体力だけを奪っていく。

そうすると、次に襲ってくるのは無力感だ。足掻《あが》けども足掻けども、自分の状況は一向に打開しない。むしろ悪くなっていく一方だった。

私は全てのモチベーションを失くし、勉強をするエンジンどころか生きるエネルギーを完全に切らした。

そして、またＳＮＳにハマったときのように、死んだ魚の目でデスクトップを見続ける昼夜逆転ネット漬けの廃人生活を送るようになった。

その年の夏頃だった。

ネットサーフィンをしていた私は、偶然「ブルセラ」という言葉に出会い、自分のはいたパンツが五千円で売れることを知ってしまった。

私がバイトをしていたときの時給は、当時の東京都の最低賃金、八百五十円だった。拘束八時間のシフトで六千円程の日給だったので、目玉が飛び出るほど驚いた。私が一日汗水流して稼いだお金は、私がそのときにはいているパンツと同価値なのである。世界、なんて広いんだ。

エンジン切れの私を、好奇心が揺り起こす。私はそれが一体どういうものなのか、興味本位でやってみることにした。

まず、そういった掲示板を見つけてフリーのメールアドレスを公開し、パンツを買ってくれるおじさんを見つけた。もちろん、ただのパンツを五千円というわけではなく、何日かはいてしっかり匂いをつけるという条件を提示された。おじさん曰く、「若い女の子が何日もはいたパンツの匂いを嗅ぐのが好きだから、いっぱい汚してほしい」。

人がはいたパンツをくんくんとか、ぺろぺろとか、ビョーキになりそう。でも、世の中には、そういうフェティシズムもあるのだ。かくして私は、弱冠十七歳で知らなくてもいい世界を知ってしまった。

パンツは「手渡し」で渡したり、目の前で直接脱いで渡す「生脱ぎ」をしたり、一口に言っても様々な方法がある。私はその中でも最もリスクが低そうな郵送を取引方法として選んだ。郵送先を見たら、長野だか岐阜だったか忘れたが、私の住んでいた東京からするとまあまあ遠くにいる人であった。

来る日も来る日も、私は同じパンツを汚し続けた。そして、イイ感じになったら、ジップロックに入れて、指定された住所に郵送。

数日後、おじさんからお金を振り込んだことの報告兼パンツの使用感想メールが届いた。

私のパンツはどういう匂いがして、おじさんはそれをどういう使い方をしたか、印刷したらフォントサイズ９ぐらいでもＡ４用紙ぎっしりになりそうなレベルで、みっちりと絶賛の言葉が書かれていた。それはまるで、食レポサイトのレビューのように。

私は何が何だかよく分からなかった。ただ、お金はちゃんと振り込まれていたし、何よりも本人がとても喜んでいたようだった。若干の気持ち悪さは感じたが、自分のやったことが認められたことに嬉しさを感じ、「ご利用ありがとうございました」という妙に事務的なメールを送って、やり取りは終了した。

世の中には未知のフェティシズムがあること、そして、エンコーのように直接身体を売らなくても、自分のパンツを売るだけで、エリート街道から零れ落ちて、社会からずたぼろにダメ出しされた私の自尊心が究極に満たされることを知ってしまった。

——だったら、もっとその先のことをしてみたらどうなるのだろうか?

こうして、セックスしてくれる人を探すようになったのだ、私は。

とうとう、話は本書冒頭のラブホテルへ戻る。

もう、人生がどうでもよくなっていた。こんなに価値のない人間、ぐちゃぐちゃに、原形を留めることなく、犯しつくされて、粗末にされて、死にたい。

でもその一方で、私とのセックスに対価としてお金を払ってくれる人がいたら嬉しいという、塵《ちり》みたいに儚《はかな》い希望も持っていた。

そんな思いで、私は援助交際を成し遂げるべく、パンツを脱いで、宇宙空間どころか得体のしれないオッサンの前で素っ裸になってベッドに身を放っていた。

そして、相手は一人だけではなかった。私は何も考えずに、ネットの掲示板で会ってくれる男性を次から次へと探し、都内のあらゆるラブホテルを渡り歩いた。

感情のスイッチをオフにして、目を閉じる。そこには一片の悔いも躊躇《ためら》いもなかった。私は、自暴自棄になっていた一方、自分に価値があるのかを確かめるために、ベッドで裸になっていた。

高校にも行っていない。バイト先にも必要とされなくなった。そんな私も、肉体や毛の先だけでもいいから、誰かに必要とされたい。そして、その代価として金銭が支払われる価値が、私にはあるのだろうか。

いや、払ってほしかったんだ。私は大丈夫だって、誰でもいいから、言ってほしかったんだ。

私は一縷《いちる》の望みをかけて、知らないオジサンに組み敷かれた。

だが、世の中、そう上手くいくもんではなかった。

私は合計数人の人たちと会って行為に及ぼうとしたが、なんと、全員の男性器が、私の女性器に入らなかったのである。処女だったせいもあるかもしれないが、私のまんこは、どうやっても誰のちんぽも受け入れなかった。援助交際やってる子が処女なわけないだろうと勝手に思ってるおっさんたちが、ごりごり遠慮なくちんぽを入れてこようとしたのに、だ。

　オイルやローションを塗っても、私のまんこは難攻不落であった。そうこうしているうちにホテルの制限時間を迎え、どのおっさんたちも予め約束していた金額より安価な紙幣を私に握らせ、あるいは一銭も渡さず、「思ってたのと違う……」と悲壮感溢れる表情をしながら、ラブホの店先で私と別れていった。


　世の人々が援助交際する女子に対して抱えるステレオタイプなイメージは、派手で、ブランド物好きの浪費家で、どうしようもなく頭が緩い女の子……こんなところだろうか。あるいは、家庭が複雑で学費を工面するため、奨学金返済のため、といった苦学生を想像する人もいるかもしれない。

　だが、実際には「それだけ」の理由で援助交際をする子は少ないのだと思う。

　中学生のとき、精神科で一緒だったマオも、援助交際をしていた。彼女も明日食べるものに困るほど貧困に陥っていたわけじゃない。父親が不在で、自分の恋愛に忙しい母親に相手にされず、いつも寂しかったからだった。

　その寂しさを埋めてくれるものが他にあれば、良いのかもしれない。友達、先生、話を聞いてくれる信頼できる大人。ただ、全ての女子が、容易にそれらに縋《すが》れる環境にいるわけではないのだ。

寂しいからって、何をしてもいいわけじゃない。それは分かっている。誰だって分かっている。でも、何かをして誰かから認めてもらわないと、干からびて死んでしまいそうだから、女子は自分が身一つで持ち合わせている若さと女を商売道具に、他者からの存在肯定という甘い蜜を手に入れる。

それが、マオ、私、そして巷に無数に溢れかえっている、援助交際をする女子の多くの共通点だと思う。


そして、私は、自分に残された最後の価値ある財産であったはずの若さと女を、求められたときにきちんとベッドの上で披露することができない、本当に中途半端な人間だった。だから当然、その甘い蜜も手に入らなかった。

やることなすことが頭上で空中分解。エンコー少女としても最底辺の私。

死にたい。でも、もう死ぬ気力もないぐらい打ちのめされている。それに、死のうとするたびに、二度目に入院した精神科で私の頬を叩いたマスミちゃんの顔が脳裏にちらつく。そのときの頬の痛みが鮮やかに思い出されるほどに。

だから生きる。私は、生きる。でも、生きたくて生きていたわけじゃない。死ねないから、消去法でずるずる生きていたのだ。

　こんな人生なげやり状態の私を面白がって、一人だけ、数回会ってくれた男性がいた。

　名前も知らない彼は、三十代半ばで、決まって池袋北口で待ち合わせをして、いつも同じラブホテルに行く人だった。

　ネットの掲示板で捨てアドを晒《さら》したときに、皆フェラだの本番だのどーだのメールを送ってくる中で、彼一人だけは、なぜか添い寝を要求してきたのだった。

　不思議に思って会ってみると、実に人畜無害で真面目そうな、眼鏡をかけた男性だった。

　ホテルに入り外界から遮断された途端、他の男性と同じような要求をしてくるのではないかと思ったが、彼は服を脱ぐ様子もなく、うなだれながら、ラブホのいやに清潔なベッドに腰掛けた。

「怪しいと思うよね、大の男が添い寝だけでいいなんてさ」

　私は黙って頷いた。

「いいよいいよ、当然だもん。信用できないと思うけど、俺、何もしないし。ていうか、勃《た》たないから、何もできないし。本当にここにいて話を聞いてくれるだけでいいんだ。それで、気が向いたら添い寝してくれる？」

「……よく分からないですけど、分かりました」

「ありがとう」

　男性は、ぼそぼそと身の上話を始めた。

　彼は東大卒の会社員だが、親に独身でいることを咎められ、出会い系サイトで知り合った女性と交際することになったという。しかし、その女性がかなりのメンヘラで、気に入らないことがあるとすぐに死ぬと発言して暴れたり、リストカットをしたりするらしい。すぐに別れようと思ったが、彼女のその面が明るみになる前に両親にも紹介してしまっていた。その手前、逃げ場がなく、さらに彼女の妊娠が発覚したことで結婚を免れない状況になったという。

「そんなこんなで、もうすぐパパなんだけど……。まあ、さっきも言った通り、今はストレスのおかげですっかり勃たなくなったから安心して。性欲も湧かないし」

　あまりにも自虐的な態度の男性に、私は苦笑いした。

「で、キミはどうしたの？　いつもああいう風に相手を探しているの？　俺の話ばかりじゃ面白くないから、聞かせてよ」

「そうですね。でも別にお金欲しいとかセックスしたいとか、そういうわけじゃなくて。なんかもう人生どうでもいいっていうか、失うものもないし。だけど、こんな自分にもお金払ってくれる人がいたらいいなっていう、希望的観測混じりの実験です」

「ずいぶん若いのに難儀だね。で、実験の結果は？　お金払ってもらえた？」

　私は曖昧に首を傾げた。

「私、なんかセックスできないんですよ、入らないってゆーか、なんでか分からないんですけど、会った人全員無理でした。そんなこんなでがっかりした人からは一銭も貰えず、可哀そうに思ってくれた人からは、予定よりも少ない額を、交通費ぐらいだけ」

　男性は小綺麗に手入れされた眉の尻を下げて、気の毒そうに私を見つめた。

「まあ、精神的なものもあるんじゃないかな。若いんだから気長に生きればいいよ。俺なんかもうすぐ人生折り返しだし、あとは下っていくしかないんだから」

「はぁ、まあ……そちらも大変ですね」

　修学旅行の夜のようだ、と言うにはかなり重い話題だったが、それに近い非日常的テンションで私たちはずっと互いの身の上話を喋りつくした。

そして、ラブホの制限時間が近づくと、男性は財布から三万円を出して私に渡してくれた。

「こんなに貰えないですよ、だって何もしてないし」

「そんなことないよ。久しぶりに自分の気持ちを誰かに話せたおかげで、少し生きる気力湧いたから。キミ、話も合うし、面白いよ。これはその対価だから、遠慮せずに受け取って」

「……ありがとうございます」


二回目以降はラブホへ行く前にコンビニでお菓子を買い込み、それらを広いベッドの上で食べ散らかした。部屋に置いてあったＷｉｉでマリオカートをしたり、テレビを見ながら当初の要望通り男性と一緒にごろ寝したりした。添い寝というには、あまりにも他人行儀の、ぎこちない距離感だったが、男性はそれが逆に心地よいのだと言った。

そして、彼はいつも決まって別れ際に、「現実逃避に付き合ってくれた対価だ」と言い、くたびれた財布から三万円を出して渡してくれた。

第三者から見たら、明らかにちぐはぐな光景であったと思う。

三十代の男、十代の女。場所はラブホテル。だが、そこに肉体関係は介在せず、子どものように菓子を広げ、ゲームをし、寝ころび、話をする。

私たちはこうすることで、互いの病んだ部分を治療していたのだ。

ままならないこの世の中の荒波に飲まれ、溺れ、傷ついた私たちは、ラブホテルという世間から隔離された水底のような場所で静かに互いを癒し合う。そこには、社会からのどんな怒号も非難も届かない。

会うのは男性の気が向いたとき、二週間に一度あるかないかだったが、彼は人生の先輩として、それなりに有意義な話をしてくれた。

「キミがセックスできないのはたぶん、自分の女らしいところを認めたくないからなんじゃないのかな」

「と、言いますと」

私は寝転がりながら、その辺にあるポッキーやポテチに手を伸ばす。男性も同じように、缶ビールやチューハイ片手に、たけのこの里をつまみながら喋る。

「お母さんに女らしく女らしくって育てられてきたことに反発心があるんだろ。セックスするってことは、自分の女の部分というか、女性らしさを認めることになるし、自分ではあまり意識してなくても、心の奥底で君の本心が抵抗してるのかも」

「なるほど……」

私は、きっと本心では、自分の女を売りたくなかったのだ。

パンツを売る行為は、捨てたような感覚で相手に郵便で送っていた。実際に相手の顔を見たわけではなかったから、自分を切り売りしているという感覚がなかった。

それに味を占めて、いや、感覚が麻痺した状態で、好奇心のままに突っ走った先にあったのは、他者から必要とされることによって得られる充足感、甘い蜜のはずだった。

だが、蜜を取りに走ろうとした私の足元にへばりついたのは、トリモチのようにねばねばした、過去の苦い記憶であった。

今まで女だからこそ私は苦しんできた。それなのに、いざというときにそれを売り物にして自分の心を満たそうとするのは、本能レベルで心が、身体が、それは違うんじゃないかって叫んで、拒否反応を起こしたんだ。

それが、男性の助言から導き出した、私がセックスできない理由だった。

「いつか、好きな人ができたら、きっと上手くいくさ」

男性のその言葉が慰めであることは分かっていた。もし相手が入間先生だったとしても、女性として見られた途端に私の身体は硬直して、決して開きはしないだろう。

結局、私は、自分の「女」を自覚するのが怖かったのだ。いつもあれだけ、好きな人から、女として見てほしいと思っていたくせに。


その男性とは、会う回数がもうすぐ二桁になろうかというところで、ぱったりと連絡が取れなくなった。

最後に会ったとき、男性は少し頬がこけていて、目の下にクマができていた。いつも最低限手入れされていたはずの眉毛も、ぼさぼさに伸びていた。

コンビニで買い込んだスナック菓子にも全く手を付けず、男性は静かに添い寝だけを要求して、三時間眠ってラブホの店先で別れた。

それから連絡は二度と来ていない。彼がその後どうなったのかも、私には知る由もない。

傷だらけの十八歳

唯一会っていた男性とも連絡が取れなくなり、出かける口実もなくなった私は、再び家に閉じこもるようになった。

学校にも行けない問題児。バイト先からもお払い箱。宙ぶらりん。

社会からその現実をまざまざと突きつけられて、私は、なんのために生きているのだろうか?

肝心の大学受験も、頓挫した。

家でこんこんと眠る日々を続けるうちに、気が付けば春になっていて、私と同世代の子たちは、大学生になっていた。私は大学生の集団に出くわすのが怖くてさらに家から出られなくなった。

だが、なぜか不思議と、大学受験自体を諦める気持ちにはなっていなかった。

このまま人生が終わりになるのが悔しかった。だって、私、本当はすごい人間なんだもん。何の根拠もないけれど、自分をまだ特別に思いたい自分が、負けず嫌いの私が、まだ心の中にかろうじて生きていて、消えかけの命のともしびを静かに燃やし続けている。だからこそ、私は苦しくもあったのだが。

母からはマンションを出て、実家に戻るように命じられた。私が高校に上がるときに出ていったその家には、もう父親はいなかった。調停を終えて正式に離婚が成立したのち、ふらりと姿を消して失踪したのだった。

だが、実家には帰れなかった。あの家にはまだ、父が機嫌を損ねたときに開けたドアの穴、半狂乱になった私が夕飯の皿を壁に投げつけて飛び散ったスパゲティのシミが残っている。間違いなく、家族と格闘しまくった記憶がフラッシュバックして、私の寿命を縮めていくだろう。

必死に抵抗して部屋に籠城する私に、母は折衷案として、しぶしぶ郊外のワンルームアパートを契約してくれた。

三月の終わり、私は荷物をまとめてそこへ引っ越すことになった。私がいなくなった部屋には、弟が移り住むことになった。無事に私立の中高一貫校を卒業し、ぴかぴかの、有名私立大一年生。

そりゃそうだ、大学にも行かず、働きもしない。こんな無価値な人間、追い出されても無理はないのだ。きちんと大学に通う方を手元に置きたいと思うのは、当然の道理だろう。

自立するまで家賃は出してやるから、もう顔を見せるな、と母親に言われた。三年間住んだマンションの扉がピシャリと閉まり、築十年の長方形の建物は、急に他人の家のように、ずーんと私の前に聳《そび》え立った。

私は家賃が安い、鄙《ひな》びた郊外のワンルームのアパートへ引っ越し、一人悲しい春を迎えた。

中古で買った安くてちゃっちいテレビをつけると、ニュース番組が有名大学の入学式の様子を映していた。私と同い年の子たちがスーツを着て、自撮り棒なんか持って、さっき会ったばかりのほぼ他人の同級生と浮かれて、記念写真なぞ撮っている。これ以上の幸せなんて知らないといった顔をして、大手を振って桜の花道を闊歩《かっぽ》している。

その姿を観るのが苦しくて、私はすぐさまテレビを消した。突如無音になった室内は、自分以外の生物の気配を感じさせることない、厳しい静寂に包まれた。私はいよいよ、本当に独りぼっちなんだな、と思った。

だが、当時の不安要素は、それ以上に金銭面であった。先述の通り家賃だけは親が負担してくれるものの、それ以外の生活費は自分で賄わないといけなかった。泣き言ばかりも言っていられず、中卒ニートは中卒フリーターに返り咲くべく、再び地獄の底から求人雑誌を摑み取った。

この頃が一番満身創痍《まんしんそうい》だった。心も身体も傷つき、ずっと、暗闇の中でもがいていた。状況を変えてくれる何かを、アテもなく求め続けていた。

そんなとき、ふと、スマホのアドレス帳を見た。

卒業したっきり会っていない中学の同級生も、バイト先の先輩も、弟も兄も父も母も全部消していて、そこになぜか残っていたのは、去年転職したっきり会っていない、片倉さんの名前だった。

「片倉さん、今なにやってんだろ」

指は自然にその名前をタップし、メール作成画面に切り替わった。

――片倉さん、元気ですか。私は元気です。

「ちっとも元気じゃないけど」

本当に、何の気なしにメールを送ったのだった。

人間音痴

返事なんて来ないと思っていたのに、案外片倉さんは筆マメだったらしい。何回かメールをラリーしたのち、会う約束を取り付けることができた。

待ち合わせ場所は、郊外にある都立公園だった。約束の時間ちょうどに行くと、すでに彼らしき人の影があった。慌てて駆け寄ると「俺も今来たところやから」と片倉さんは笑った。

「本当に、ひさしぶりやなあ」

片倉さんは相変わらず、標準語と関西弁を無理矢理足して二で割って、あまり一が出たような喋り方をしていた。

「大学生なったん？」

いきなり急所にドストライクの質問が飛んで来て、ＨＰを削ぎ落とされる。私はボソボソと、周りに聞こえないような小声で話した。

「色々あって、結局受験上手くいかなくて、またフリーターに逆戻りしてるんです」

「ふぅん、大変やな」

お互いに近況を報告し合うと、公園の出店で甘酒と団子を買った。日の当たる、空いているベンチに腰かけ、紙コップで乾杯。

「俺は専門学校の出身だから、あんまり分からへんけど、大学受験ってしんどいよなあ。だって、何を勉強するのか、十八歳そこいらで決めて大学入んなきゃいけないわけでしょ? そんなの難しいよ。大学出てからの人生の方が長いのに」

じゃあ、そのスタートラインにすら立てていない私って何なんだろう。

自分のことを人生初心者の仮免許中だと思ってきたけど、それ以下じゃね。もはや受精卵からやり直した方がいいレベルじゃん。いや、またあの母に育てられるのは嫌だから、もう他人の母親の子宮から受精卵やりたい。自己否定スパイラル。

だけど、大学受験を経験していないのに、必死に自分の中から言葉をしぼり出して私を励ましてくれている片倉さんに当たるのもお門違いな気がする。私は小さく「なるほど」と頷き、彼の持論に耳を傾けるふりをして、でもやっぱり半分ぐらい脳みそを介さず言葉を素通りさせていた。

「まあ、焦らなくてもいいんじゃない。人生長いよ、俺が言うのも何やけど」

「気を遣ってもらって、ありがとうございます」

会社員になった片倉さんは、ファストフード店の制服を着ていたときの彼よりも急に年齢を数歳重ねたみたいで、頼もしくなっていた。当時の私が精神的にモヤシでちっぽけ過ぎて、その背中が大きく見えただけなのかもしれないが。

なんとなく話が合った私たちは、それから、片倉さんの休みに合わせて、一緒に近場へ出かけるようになった。これが世にいうデートであることには、しばらくしてから気が付いた。

私は本当に人間音痴だった。義務教育九年間のうち三分の一近くを不登校で終わらせ、その延長であるはずの高校にすら通っていないツケが回ってきたのだと思う。

世の人が経験しているはずの協調性とかその上で必要なガマンとか、「当たり前」が身体に染み込んでいない私は、マナーも礼儀も知らぬまま社交ダンス会場に放り出された子どもに等しかった。

踊り方が分からない私は好き勝手に自己流で舞った。気を引くために出かけているときに急に不機嫌になったり、まだ付き合ってもいないのに勝手に部屋に上がり込んで元カノからの手紙らしきものを漁ったり。マジで面倒くさい女の全部盛りであった。

だが、片倉さんは何も言わなかった。いつも素直に私の要求を無条件で受け入れて、この人に自我があるのか不安になるレベルだった。

ある日、いつも当たり障りのない会話しかしない片倉さんは、珍しく過去の話をし始めた。

「俺、今まで七人ぐらいから告白されて付き合ったんだけど、その全員にフラれて別れたんだよね。だから自分に自信がないし、相手の言うことの方が正しいって思っちゃうのかも」

過去に元カノから貰ったらしきマグカップを、私に盛大に破壊された片倉さんは、その破片を集めながら、ぼそぼそと喋った。

「俺、普通の人よりも少し心が弱いのかもしれん。前に、早乙女さんにケーキ上げたことあったでしょ、覚えてる？」

私がバイトデビューしてすぐ、先輩バイトや社員から鬱を揶揄《からか》われたとき。片倉さんが助けに入ってきてくれたあの日のことはすぐに思い出せた。

「なんで助けたと思う？」

「可哀そうだったからじゃないんですか、私が」

「ちゃうねん、俺と同じだからだと思ったからだよ。俺も、あの店でバイト始める前、うつだったから」

片倉さんは、初めて、自分の過去の話をした。

お菓子作りの専門学校を卒業し、いざパティシエになる夢を叶えたはいいが、そこに待っていたのは長時間労働、先輩パティシエからのしごきという過酷な現実だった。夢と現実のギャップに苦しみ、入院こそしなかったが、しばらく心療内科への通院と自宅療養を余儀なくされたという。

同病相憐《あわ》れむ。

逆に言えば、人間というのは、同病の者しか憐れむことができない生き物なのだ。うつも、うつになった人やその周囲の人間にしか、真の苦しみは分からない。だから、うつとは無縁の人間に、その理解を求めてはいけないし、期待をしてもいけない。うつになった者はその同士で固まって、静かに痛みを癒し合うしかできないのだ。

彼の真意を知った私は、静かに涙を零した。

「俺、人間向いてないのかもしれへん。だから、言われた通りにするね」

私は自分の愚かさに胸を刺され、もっともっと泣いた。

その次に会った日、井の頭公園に行った帰りに、突然片倉さんから付き合おうと言われた。正直愛想を尽かされて、別れ話を切り出されるのかと思っていたが（まだ付き合ってもいないのに）、拍子抜けもいいところである。驚いて危うく池に落ちそうになった。

「片倉さん、もう三十過ぎてますよね」

「うん」

「前に結婚願望があるって言ってましたよね」

「うん」

「仮に私と何年か付き合って、上手くいかなくなったらどうするんですか。俺の数年返せって言われても、私、責任取れませんよ」

「まあ、そしたら、そんとき考えるわ。とにかく、ここ数年は予約ってことで」

人間音痴の私たちは、まるで何かをレンタルするようなノリで、交際を始めることになった。

爪先に赤本

それから、私は己の生活費を稼ぐためにバイトをしながら受験勉強を進め、片倉さんが休みの日には一緒に遊ぶという生活を送るようになった。

時々受けていた河合塾の模試の判定も、第一志望の大学はＢやＣ。なかなか悪くはなかった。

だが、秋に差し掛かり、いよいよセンター試験の出願をしようという時期に、事件は起こった。一応、出願する予定の大学を母に報告したのだが、その名前を挙げた途端、ハァ～というわざとらしいほど深い溜息を吐かれた。電話越しでも、母の厭味ったらしい顔が容易に思い浮かぶ。

「〇〇中に入れたのに、そんな大学かあ……」

〇〇中、とは、私の出身である私立中学である。

「え、どういうこと？」

呆気にとられる私をよそに、母は、電話口でつらつらチクチク毒を吐き始めた。

「このあいだ○○中のホームページでアンタの代の進学実績を見たら東大や有名な国公立大に入った子ばっかりじゃない。アンタ中学のときにこの子たちよりも成績上だったのよ？　恥ずかしくないの？　アンタだっていけるでしょ東大ぐらい目指せるでしょ？」

電話越しに吐かれた毒は一気に私の身体に纏わりつき、心臓をぎゅうぎゅう絞った。母は息継ぎもせずに、言いたいことだけを一方的に言い終えると、電話はぷつりと切れた。

母は、私が物心ついた頃から「将来のアンタのためよ」と言って、厳しい教育を施してきた。

それが今になって蓋を開けてみればどうか。結局は「東大生の親」というステータスを渇望しているだけのように私には見えた。そのステータスを得ることで、終わりよければ全てよしという感じに、自分の教育方法が正しいものだったということの帳尻合わせをしたかったのだと思う。

なまじ、兄も多数の同級生が東大へ行っている中、別の大学に進学することになったから、その思いが強くあったのかもしれない。

この日を境に、私は赤本を開くたびに気分が悪くなった。それでも歯を食いしばって、問題文を無理に読もうとすると、文字が躍る、躍る、躍る。わなわなと震える手で鉛筆を持ち、泣きながら問題を解いた。

しかも、脳内で再生される母親の詰《なじ》りに耐えながら、頑張って勉強して、それで入試のときに高得点をとったとしても、そのとき詰め込んだ知識はそれっきりなんだ。大学に入ってから高校の科目なんてほとんど使わないくせに、どうしてこんなことを頭に刷り込まなきゃいけないんだろう。

考えれば考えるほど、大学受験というコンテンツの深みにはまり、私はついに、勉強ができない身体になってしまった。

私は結局、その年も大学受験を頓挫する羽目になった。

しかも、その後も数年間、同じようなことを繰り返した。

毎年、夏まではこのままじゃまずいと思って勉強するものの、秋になってだんだんと気温が下がり、大学受験が現実味を帯びてくると、母親の声がよみがえる。変な汗が出て、動悸が止まらない。ベッドに横になると、本棚にびっしりと並ぶ赤本の背表紙が視界に入った。有名大学の名前がずらりと並んでいて、これのどれかに滑り込まなければいけないんだと思うと、吐き気がした。もう精神科には通っていなかったため、きちんと診断は受けなかったが、あのときの私の症状は、十中八九パニック障害のそれであった。

　数年で、バイトもとっかえひっかえを繰り返した。最終的に二十個ぐらいしたと思う。ファミレス、カフェ、ファストフード、ホテルの受付、百円ショップ、郵便局の仕分け、お菓子屋さん、ティッシュ配り……。

　履歴書を出すたびに、学歴のことを聞かれる。高卒認定を取得していたので、高卒以上のバイトに応募することはできたが、どんなバイトに採用されても、人間関係が上手くいかなかった。社員が面白がって私の高卒認定のことを他のバイトに喋り、物珍しい目で見られることも稀ではなかった。

「今から大学受験するの？」

「どうして高校行かなかったの？」

「女の子だから、結婚しちゃえば平気だよ」

　遠慮のない好奇心で、土足で私の心に踏み込んでくる人たち。私が貧乏ゆえに高校にも行けずバイト生活をしているのだと思い込んだパートのおばちゃんが、タッパーにおかずを詰めて持ってきたこともあった。

そして、心身ともに疲弊して帰る先は、大量の赤本が並べられたワンルームのアパート。

もう全てを視界に入れたくなくて、ある日、本棚から大量の赤本を引きずり落とした。まるで血のように床に散らばったそれを、私は足で踏みつける。これでもかというほど踏みつける。爪先の下の赤本が憎い。憎くて憎くて仕方がない。でも、もっと憎いのは、母親だった。

ベッドの上のスマホが鳴る。新しく面接に行ったバイト先からの、シフト交渉の電話。

虚しさに心臓を貫かれて、いつも死にそうだった。

真夜中の激情

春はいつも絶望の香りがした。

私の同世代はどんどんと学年を重ねて、それぞれの学校を卒業し、新しい肩書を手に入れていく。

それなのに私はいつまで経っても中卒フリーターのままで、人間としてのリレキが更新されない。

春を迎えるたびにそれを強く感じさせられた。街中を歩いていると、新しい環境、新しい出会いに浮足立った人々にすれ違う。ＬＡＢＩ新宿の大きな液晶に映された桜の開花予想を、信号待ちの人々は細い目で眺めている。

私は完全に世界に置いてけぼりにされていた。

片倉さんは、そんな私を良いとも悪いとも言わず、静かに見守っていた。

私たちの関係性は、少しだけ日の当たるところに並んだ植木鉢のようだった。互いの鉢には干渉しないが、でも確かに隣にいる。母親によって人生を剪定《せんてい》され過ぎた私にとっては、それが心地よくもあった。

私と片倉さんは、セックスもしていなかった。過去にあれだけこじらせて上手くいく自信がなかったし、なんなら自分そのものにも自信がないから、私という人間の底の浅さを知られたくなくて、深い関係になるのが怖かったのだ。一応、恋人なのに。

何となくそういう雰囲気になることはあっても、私はあえて別の話題を振ったり、ゲームをしようと言ったり、とにかくそれだけは避けて過ごしてきた。

家族との関係も、受験も上手くいかなくて、バイトもいつも何かと理由をつけてとっかえひっかえしていた私にとって、今度こそ最後になった居場所がなくなってしまうのは、なんとしてでも避けなければならなかったのだ。

だからもちろん、パンツを売ったり、援助交際をしようとして無様に失敗したりした過去は、片倉さんに話していなかった。

したがって、彼は私が妙にセックスを避けている理由も分からないはずであったが、何かを察して、無理強いをしてこなかった――この日までは。

じんわりと額から汗がにじみ出る、暑い夏の盛りのその日、私は当時働いていたファミレスのバイト先でひどい目に遭った。

男子高校生のグループ、それもその地域では進学校で有名な学校の制服を着た生徒たちが、私にいたずらを仕掛けてきたのだった。

嫌な予感はしていた。私が注文を取りに来た時点で、にやにやと笑みを浮かべて何かを小声で話していた。

私が熱い鉄板を持ってテーブルに行くと、テーブルの下からさっと足を伸ばし、咄《とっ》嗟《さ》に反応できなかった私は無様に転んだ。豪快な音を立てて、鉄板は真っ逆さまに地に伏せた。さっきまで綺麗に盛り付けられていたはずの食べ物たちは無残に散らばって、私の制服にはハンバーグソースのシミがべったり付着した。

幸い火傷は免れることができたが、私は手首と足を軽く捻挫した。床に転がった私を見下ろし、男子高校生たちはにやにや笑った。

盛大な音を聞いて駆け付けた店長は男子高校生たちに平謝りし、私にも詫びるよう命じた。

だが私は反論した。

「足を引っかけられたんです」

無駄に体格の良い中年男性の店長は、下から見上げるとすごく大きくて山のようだった。その巨大な山のてっぺんにある顔は、私をひどく睨みつけていた。

「いいから、お客様に謝りなさい」

私は泣きそうになりながら謝った。悔しさが私の捻挫の痛みを倍増させる。

男子高校生たちは「気を付けてくださーい」と厭らしい笑みを浮かべていて、店長はその巨体を折りたたむように、自分より三十も四十も年下のクソガキにぺこぺこ頭を下げていた。

そして、後片付けを終えて、バックヤードに戻った私に店長は言った。

「失敗をお客さんのせいにするなんて、最低の人間がすることだよ。ま、キミみたいに高校も行っていない子が、ああいう有名校の子を妬む気持ちは分かるけどね」

もう、反論する気力もなかった。


私は一生、こんな生活を送るのだろうか？

なりたい自分にもなれなくて、他人からも蔑ろにされる。自分からも、他人からも、大切にされない自分。

シフトが終わると、現実逃避のごとく、その日たまたま仕事が休みだった片倉さんの家に遊びに行った。

別に慰めてほしいわけではなかった。むしろ、今日あったひどい出来事は絶対に話したくなかった。話すことでそれを鮮明に思い出して、悲しみや悔しさがぶり返して、泣いてしまいそうだったから。

人間というのは、多少の傷であれば他人と共有することで痛みを和らげようとするものだが、本当に、心の底から傷ついた出来事があったときには、逆に誰にも話せなくなって、貝のように閉じこもってしまうものである。少なくとも私は、今も昔もそういう人間だ。

片倉さんと一緒に夕飯を食べた後、帰る気力がなくなった私は、そのまま泊めてもらうことにした。

彼の家に泊まったのはこの日が初めてだった。だから、もちろん、そうなるかもしれない、ということには薄々勘づいていた。

いざ同じベッドに入り、片倉さんの手が私のパンツに差し掛かった瞬間、思わずぎゃっと叫んだ。色気などなかった。

「ごめん、まずかった？」

私は暗闇の中でブンブンブンと全力で首を横に振った。

「もしかして初めて？」

そう問われた瞬間、あのときのラブホのサイケな照明がよみがえったが、私はそんな自分を誤魔化すように頷いた。

結局誰ともセックスできなかったんだし、嘘はついていない、って。

「大丈夫だから」

いや、全然大丈夫じゃねえんだよ、こっちは。

片倉さんは私を後ろから抱きしめて、首筋にキスを落とした。

その瞬間、さっき食べたものがぐぎゅっと異様な音を立てて迫《せ》り上がって来て、私は片倉さんのデカい図体を突き飛ばし、トイレに駆け込んだ。

おえっ、おえっと繰り返す。

片倉さんはトイレの外で何度も私の名前を呼んだ。頭は熱くてぼうっとしてるのに、冷汗が止まらなくて全身が冷たかった。心臓がうるさい。

トイレから生還すると、片倉さんは布団の上で正座していた。どこを見つめているのか分からない、無表情で。

「俺のこと、そんなに好きじゃない？」

人間音痴の私たちは、もちろん意思疎通ができていなかった。

私は勝手に落ち込んでいる片倉さんに腹が立って、ピシャッと張り手を喰らわせた。

「うるせえ！」

片倉さんは叩かれた左の頬に手を当てたまま、固まった。

「これはね、私の問題なの」

私はこのときから、片倉さんにタメ口で喋るようになった。

やっと、私の鉢から伸びた枝が、にゅるんと滑らかに、片倉さんの鉢に滑り込んでいった瞬間だった。


　私は顔を真っ赤にして、唾を飛ばしながら、今まで何となくしか話さなかった、自身の生い立ち、母親にどんな教育をされてきたかを告白した。そしてパンツを売ったことも、あのときバイトを辞めた後に自分の価値が分からなくなって、援交してみたけど上手くいかなかったことも。ぜんぶ、全部。嵐のように、八つ当たりするみたいに、吐ききった。

　話し終わったときには、私の顔面は涙でぐちゃぐちゃになっていた。横隔膜がひきつけを起こして、喉の奥からひゅーひゅー情けない音が漏れた。

対して、片倉さんは冷静だった。泣くわけでもないし、かといって何かを考え込むように神妙な面持ちをしているわけでもない。私の身体の中身を見透かすような、不思議な表情をしていた。

私の引きつけが治まってから、じゃあさ、と口を開いた。

「それを話して、かな子は俺にどうしてほしいわけ？」

「別に、どうっていうか……」

ただ、私がセックスできない理由を知ってほしかった。それ以上でも、以下でもない。

「うん。それは分かったから、別にそれでええねん。で、今まで大変だったね、可哀そうだったねって慰めてほしいの？　なんか、そんな感じの顔をしてるよね」

「思ってない、そんなこと」

「いや、思ってるでしょ。俺も父親が似たようなもんだったから、そういう気持ちになるの、よう分かる」

それから、今度は片倉さんが身の上を話し始めた。今まで彼が話してこなかった、深い身の上話を。

片倉さんの実の父親は、私の父と同じようにアルコール依存症のフシがあり、彼が物心つく前に蒸発してしまったという。以後しばらく、ノイローゼ気味になった母親と祖母と三人で暮らし、関西の田舎で貧しい幼少期を経験した。現在の父親とは、血のつながりがない。そんなことを淡々と語ってくれた。

「だけど、大人になったら誰もそんな部分見てくれない。小さい頃の家庭環境が大変だったみたいだから、この人は大目に見てあげようなんて、誰も思ってくれない。みんなどこかしら、何かしら狂った部分抱えて生きてんだよ。そんなのをいちいち配慮して生きとったら、キリがないっちゅうねん」

それじゃあ、私の不幸は誰にも理解されないまま、社会の奥底に沈んで消えていくのだろうか。

私はムッときて、

「何、セックスできないのがそんなに嫌だったの？　ハズレ引いたって思ってるんでしょ、あんたも」

と、煽《あお》り返した。すると、片倉さんの顔つきが豹変《ひょうへん》した。

「そんなん言うとるんちゃうやろ！」

野太い男性の声を張り上げ、それまでの曖昧な標準語が一変、ドギツイ関西弁が牙を剥いた。

私はそれに怯《ひる》んで、ブレーカーが落ちたみたいにぷつんと言語が閉ざされた。それ以降、何も反論できず、片倉さんの関西弁の迫力に呑み込まれていった。

「別に、パンツ売ったことがあろうが援交していようが、過去のことやし、金輪際しないっちゅうんなら俺はかまへん。ただなぁ、自分だけが不幸してるような、その悲劇のヒロインヅラが気に入らん」

悲劇のヒロインヅラ。

今まで誰からも言われてこなかったけど、自分でもうっすら気づいていた現実を、生まれて初めてできた恋人に、面と向かって突きつけられた。

醜くてダサイ自分の姿を、鏡に映してまざまざと見せつけられた。その衝撃にくらりと視界が歪む。

でも、確かに、私は「凄惨な家庭に生まれた自分」というのに酔って、いざというときの言い訳にしていた。思い当たる節はたくさんある。

――私はこんなに大変なんだから、みんな私に配慮して、助けてよ。

こんな主張がいつも心の奥底にへばり付いていたから、中学のときクラスからも孤立したし、兄弟からも見放された。

「メンヘラ」という言葉で形容されるそれは、自分の弱い部分を狡《ずる》く利用して、周囲から大事に甘やかしてもらおうという、己の傲慢さの証だった。

「この数年かな子を見てきとったけど、結局かな子は、不幸な家庭に生まれてきたことを利用しとるだけやん。何か上手くいかなくても生い立ちのせいにできる、お母さんのせいにできる。そんな風に甘ったれとるから、毎年受験を乗り越えられんちゃう？

人より感受性が強いだか、なんやようわからんけど、自分だけが傷ついとると思うなや。みんな毎日何かしらに傷ついとるけど、きちんと折り合いつけて生きとる！

この世の中はなあ、それができんとやっていかれへん。きちんと折り合いつけられん人のことを、誰も優しく介抱なんかしてくれへん。

もうハタチ超えた大人なら、人のせいにしないで、自分の人生生きてみぃ！」

片倉さんが語り終えると、私は堰《せき》を切ったように、わぁっと泣いた。そりゃもう、人生イチ、ブザマに。

もう図星過ぎて、反論の余地がなかったのだ。

片倉さんは、泣き崩れる私に胸を貸してくれた。大きな手で、頭をぐしゃぐしゃとかき回した。

「でも、ホンマに今までようがんばったなあ。よう今日まで生きてたなあ」

漫画みたいに、アーンと声を上げて泣いたのは久しぶりだった。誰かの胸の中で泣くのは、生まれて初めてで、まるで全てを許されたかのような気持ちになった。

「嫌な過去も、折り合いをつけていかなアカンよ。お父さんにされたことも、お母さんにされたことも、許していかな、これから生きていかれへんよ。どうしても許せないっちゅうんなら、もう考えなくていい。忘れや。その方が百倍、精神衛生ええで」

そんなこと、私も頭では分かってる。

ただ、毎晩眠りに落ちるまでのわずかな時間に、忌まわしい記憶の影がチラつく。遠ざけたいと思っていても、それは自分の意志に反して夢にさえ出てくる。

憎しみをぶり返さないためには——忘れるためには、どうしたらいいのだろうか。

「思い出したらすぐに別のこと考えや。思い出すから夢にも出てくるんやろが。あとは、これから二人で楽しい思い出を作ってけばええねん。そうすれば上書きされてく。あとは、もう深いこと考えちゃあかんで」

「それで、片倉さんは忘れられた？　本当のお父さんのこと」

彼は、穏やかな笑顔を浮かべて言った。

「もちろん、忘れてもーたわ、そんな昔のこと」

互いの激情をぶつけ合ったのち、私たちはようやく眠りについた。そのとき、深夜何時を回っていたのかは覚えていない。


私は、まどろむ意識の中で思った。

私の貧相な履歴書には、ただ事実が淡々と語られているだけなんだ。そこには、私が母親から受けてきた教育や家庭環境を書くスペースはない。

社会はいつだって、表面にぷかりと浮かんだ経歴しか見てくれない。悲しい履歴書を握って泣きじゃくる私に、「どうしたの？」と顔を覗き込んでくれる人なんて、いないんだ。

そして、母親の呪縛から解かれることが、悲しい履歴書から脱出するための唯一の方法なのだった。

過去に生きるか、今に生きるか。

次の日の朝、片倉さんの家から帰ると、私は押し入れの奥でホコリをかぶっていた参考書やら赤本やらを全部引っ張り出して、受験勉強を再開した。忘れかけていた数式や英単語を、思い出す作業。バイトがない日は、夢中になって十二時間ぐらい勉強していた。

その数週間後に、私は住んでいたアパートを引き払い、実家に移った。きっかけは、母のある提案だった。

「もし実家に戻るんだったら、お兄ちゃんの分と一緒に生活費を負担してあげる」

兄は、母の支援を受け、実家でひっそりと暮らしていた。私と母が夜逃げし、父が失踪し、私と入れ替わるように弟が母の元へ行ったあとも、一人で家を守っていた。

そこへ出戻れば、生活費のためにバイトに時間を割く必要がなくなり、勉強に集中できる環境が整う。下手な意地を張って、時間もお金も切り詰めた生活にイライラするよりも、ここは母の提案を呑み、今年こそ受験を乗り切ることを選んだ。

ただひとつ、実家で過ごすことによって、フラッシュバックを引き起こすのではないかという懸念があった。昔、父親が暴れたときに酒瓶を投げつけてできた壁のシミ、機嫌が悪いときに八つ当たりしてぶち破ったドア。改めて数年越しにそれを目の当たりにしたとき、あの晩の、片倉さんの言葉がよみがえった。

「もう深いこと考えちゃあかんで」

私は受験のためだと割り切って、実家に染みついた禍々《まがまが》しい過去を、すっとぼけることに決めた。

引っ越しの日、久しぶりに会った兄は、穏やかな表情をして私を迎え入れてくれた。かつて私を羽交い絞めにした、真っ赤な顔の兄ではなかった。

兄は家の近くにある国立大の大学院に進学しており、修士号を取る目前だった。私は兄に勉強を教えてもらいながら、受験への準備を進めた。

やがて羽ばたくことを夢見た芋虫が、ゆっくりと栄養を蓄え、太ったサナギになっていくように、もりもりと貪欲に知識を吸収した。

そんな折、中三のとき小児の精神科病棟で一緒だった夕子から連絡が入った。受験勉強を再開してすぐの出来事だった。

タイマー代わりに使用していたスマホが普段とは違う震え方をしたことに驚いて、勉強を中断してすぐ手に取った。

メールアドレスは変更していたが、電話番号をずっと変えていなかったので、ショートメールで連絡が来たのだった。

「やっほー夕子だよ、覚えてる？　今何してるの？　よかったら久々に会わない？」

唐突な連絡にやや動揺したが、悪い気はしなかった。

ただ、受験のことについては曖昧にして、高校卒業してから実家にいる、とだけ伝えた。本当は高校さえも卒業していないが、夕子は学歴話になると火が点きやすいところがあったため、話をややこしくしないための嘘である。

すると、すぐに返事がきて、週末に新宿で会うことになった。勉強の軽い息抜きにはなるか、と、スマホの電源を切った。

新宿駅東口に現れた夕子は、昔と全く容姿が変わっていなかった。長い黒髪に白い肌、変わったところと言えば少し化粧っけが出てきたぐらいだろうか。

彼女は私を頭から爪先まで全身舐めるように見ると、何かを確認して安堵したような表情になって、「じゃ、行こっか」とガード下近くのファミレスへと歩き始めた。

ドリンクバーを注文し、各々長話に備えて飲み物を用意すると、夕子はゆっくりと自分の近況を話し始めた。

「私、まだ抗うつ剤やめられてないんだ。うちのママ、まだメンタルが弱いせいで仕事始めたり辞めたりしているから、私が働かなきゃいけないの……。通信の高校卒業してからずっとドラッグストアでパートしてて……、本当は大学行きたかったけど、今更受験しても周りよりずっと年上だし、もう諦めてるの。慶應とか青学とか、おしゃれなキャンパスに通いたかったな」

もう何のために生きてるか分からない、と、夕子は詰まりそうな声で最後につぶやいた。しかし、そんな彼女の心の叫びも、バイトウエイトレスの元気のよい「いらっしゃいませー！」と、騒がしい大学生グループの笑い声にかき消される。

「突然ごめんね。こういうときって私、人に会いたくなるの。誰かに話を聞いてもらいたいっていうか……。そうそう、昔、人から貰った手紙を整理してたら、入院中にかな子ちゃんから貰った連絡先が出てきて、何してるかなって思って連絡したんだ」

「そうなんだ。マオとかには連絡とったの？」

「ううん。フェイスブックでずっと見てたんだけど、マオは音楽の専門学校行ったみたいで、今歌手になってCD出してる。すごいよね、住む世界が違う」

「へえ、すごい！　マオ、歌上手かったもんね」

「……うん。それから、友達申請はしてないけど、泉ちゃんも見つけたの。なんかすごい痩せちゃって、英語の専門学校入って去年からニューヨークに留学したらしい」

夕子は「ほら」と言ってスマホの画面を見せてきた。そこには確かに泉ちゃんの面影が残るが、ほぼ別人のようなスレンダー美女が、たくさんの外国人に囲まれ、肩を組んで笑っていた。

「すごいね、泉ちゃん、夢叶えたんだ。海外でモデルになりたいって言ってたし」

「………」

夕子は返事をせず、次から次へと、私との共通の知り合いの人の「今」のSNSをスワイプして見せつけてくる。

私はだんだん怖くなった。

この子、他人の――それももう今後接点があるかないか分からない人の「今」を見て、何がしたいんだろうか。そんなことしたって、自分の何かが変わるわけじゃないのに。

というか、過去に出会った人の名前をいちいち検索にかけている暇があるのなら、今ここにいる自分の人生に向き合うべきなのに。それをして何になるというのだろう？

　スマホスワイプ劇場が一通り終わると、夕子は険しい表情から、急に元の明るい顔に戻り、私を見た。

「でもよかった！　かな子ちゃんは全然変わってないみたいだから、安心して話せる」

　あ、そういうこと。私は一気に合点がいった。メッセージで近況をやたら聞いてきたのも、新宿駅で私を舐めるように見ていたのも、「自分を置いていかない同じレベルの人」が欲しくて、私を品定めしていたんだ。

　それに気づいた途端に腹が立ってきた。心臓がばくばく鳴り始める。テーブルの下の、膝の上で握った拳が、わなわな震えて湿っている。

　夕子は次のネタを探そうと、ニコニコしながらまたスマホをいじり始めた。

「あのさぁ、夕子！」

　自分でも驚くほど、裏返って震えた声が出た。

「私、今年大学受験するの。色々思うことがあって」

　夕子の笑顔が固まった。そこから先は、考えなくても口が勝手に動いて、目の前で黒目を小さくしている彼女に向かって、言葉が無限に吐き出される。

「悪いけど、一緒にしないで。すごく気分悪い。ていうか、ＳＮＳで他人の人生をこっそり観察してるのって、悲しくないの？　虚しくないの？　そんなことしてる暇あるなら、自分の人生のことを考えたらいいじゃん。人のこと羨んだって自分の人生は変わらないんだもん、自分のことやりなよ」

　すると図星だったのか、夕子はみるみるうちに目を真っ赤にして泣き始めた。どっかのべたなドラマのヒロインのように「ううう……」と嗚咽《おえつ》をもらす。隣のテーブルの人がこちらをチラチラと見て、様子を窺っている。

「どうしてそんなこと言うの？　私、こんなにつらい思いしてるのに……ひどいよぉ……。そんなこと言うなら、かな子ちゃんだって愚痴ぐらい聞いてくれたっていいじゃん。ていうか、なんで自分より上手くいってる人のこと褒めるの？　悔しくないの？　一緒になって悪口言ってくれないの？　感じ悪いよ。それに今から大学入ってまともに就職できるの？　絶対に止めといた方がいいに決まってるから」

　夕子は言いたいことを好き放題言って、派手に泣きじゃくり始めた。その号泣っぷりはとどまることを知らず、ついには近くのテーブルにいる人全員と店員からの注目を浴びることになった。しかし、私もしぶとく冷たい視線を夕子にぶつけ続け、謝ることはなかった。そこからは、私に折れてほしい夕子と、周囲からの好奇の視線を浴び続ける私の根競べになった。

十分後に、夕子のエネルギー切れにつき勝利した私は、涙が涸れ果てて机の上に伏せている彼女の前に、ドリンクバー代にしては多い千円札を滑らせた。面倒だから、釣りはくれてやる。

私が黙って席を立ち、店を出ようとすると、

「私は絶対に絶望なんてしないから！」

という、最後の力を振り絞るような夕子の叫びが、店員のありがとうございましたーという声と退店のチャイムに混ざって飛んできた。なんつー捨て台詞だ。

私はずっと、夕子の右手の人差し指が左から右へと移動するたびに、心の中に毒ガスが充満してくるような苦しさを覚えていた。私はこれに近いものを知っている。そうだ、母親と話しているときの感覚だ。

私がやめた学校の進学実績をいちいち調べて、それに競り勝つように私に指示する。そして、自分の教育が、二周目の人生が正しかったことを証明しようと必死になっているんだ。

夕子もそう変わらない。

あの病院が彼女の人生のスタート地点で、そこにいた子たちと自分の人生を見比べ

ることで、一喜一憂する。何よりタチが悪いのは、自分と同レベルの人間を見つけ出して、安堵の感情に浸ろうとするその精神。傷を癒してくれるぬるま湯に浸かるのはさぞ心地よかろうが、巻き添えにされた方はたまったもんじゃねえ。

夕子に会って以降、私はより一層勉強するようになった。「絶対に上手くいかない」と言われて悔しかったのもあるが、それ以上に彼女が過去の自分に思えて、背中がちりちりと燃えるような感覚になったからだった。

夕子は間違いなく、悲劇のヒロインを演じていた。確かに彼女の生い立ちには同情できる部分もあったが、片倉さんの言葉を借りて言うなら「みんな毎日何かしらに傷ついとるけど、きちんと折り合いつけて生きとる！」なのだ。

自分だけが悲劇のヒロインだと思っている彼女に、つい最近までの自分が重なってしまった。だからこそ、その日の出来事は、より一層私を頑張らせるための、最強の燃料になった。

もう、ハタチ過ぎてダサいんだよ、そういうの。

とにかく、その年は無我夢中に突っ走った。

自分の精神をかき乱しそうなものは、全て無視。思い出さない。絶対に思い出しちゃいけない。思い返しそうになったら、ばちんと自分の頬を叩く。誰かと話す。ブログに自分の思いの丈を書きまくる。

そして、片倉さんが休みの日は様々な場所へでかけて気分転換をした。

受験があるから遠出はできなかったが、都内近郊を散策し、訪れたことのある場所には地図で赤い印をつけた。勉強のいい気分転換になり、その年の瀬には、地図は真っ赤になった。

今度は人に見せびらかすための旅じゃない、確かに自分のための旅だった。

人間は失敗する生き物だと、太古のエライ人は言った。

今を生きる、別にエラくもなんともない私でも、まさにその通りだと思う。

何度失敗をしようとも、成功しようとも、人には等しく時間が流れる。その有限の時間の中で、人は自分なりの解決方法を見つけて、自分の心と上手く付き合えるようにならねばならない。

それが大人になるということで、親の桎梏《しっこく》を超越して、自身の人生を歩んでいくということなのだ。

一周目のわたし

それから、冬の模試を受けるために新宿のとある予備校に申し込みをしに行った。世界が金木犀《きんもくせい》の甘ったるい香りに包まれた時期だった。

自分より数歳年下の高校生たちに囲まれ、私は居心地の悪さを感じながら記入用紙に手早く必要情報を書き込む。さっさと提出して帰ろうと思い、受付にいたスーツの男性に手渡すと、男性は「あれ」と私の顔を無遠慮に覗き込んできた。

「早乙女……？　だよね」

小学校まで一緒だった、幼馴染のシュンペーだった。

スーツを着てだいぶ大人びていたため、一瞬誰だか判別しかねたが、特徴的な形をした手の指と長いまつ毛で分かった。

「俺、今ここの予備校でバイトしてるんだ。浪人してたときに通っててさ。早乙女はどしたの？　模試の申し込みって、大学再受験でもするの？」

気まずさと恥ずかしさで、頬が一気に熱くなるのが分かった。今から大学受験だなんて、久しぶりに会った同級生に告白するのは少し勇気がいった。

私は口ごもって、カウンター越しに手を伸ばし、模試の申込用紙をシュンペーから奪い返そうとした。だが、彼は私よりもずっと背が高くなっていて、腕もすらりと長い。私の抵抗も虚しく、申込用紙を天井に掲げて、得意げな顔をした。小学五年生のとき、私に憧れていると言った弱々しい少年の面影は、もうどこにもなかった。

「今日、このあと空いてる？　俺ももうすぐシフト終わりなんだけど、良かったらファミレスでご飯食べようよ。ガード下のとこのジョナサン。五時に終わるからビルの玄関で待ってて」

「あ、うん……」

シュンペーは私の申込用紙を持って、予備校の事務所の奥の方へ消えていった。そのまま帰ってもよかったのだが、私は言われるがまま律儀に予備校のビルの一階玄関で彼を待った。高校生に交じって模試の申し込みをしていたことをなんとしても取り繕いたかったのだ。彼の頭の中には、きっと昔の万能な私の姿が残っている。それを崩壊させてしまうことは、私のプライドが許さなかったのだ。

私はビルの無機質な柱にもたれながら、彼にどう言い訳をするかをずっと考えていた。

　そして、ふと、サキに会った日のことを思い出した。彼女は、小学生のとき私にずっと憧れていた。そして、高校をドロップアウトしてバイトに明け暮れる私の目の前に現れ、故意だったかどうかは分からぬが、私に目いっぱいのマウントを取って嵐のように去っていった。

　あのときのように、私はまた、過去に私に憧れていた人に、無様に傷つけられるのではないか？

　五時になると、予告通りシュンペーがやってきて、私たちは新宿ガード下付近のジヨナサンへ向かった。

　ドリンクバーで安い乾杯をすると、シュンペーはすぐ、「で、今何してるの？　どこ大？　東大？」と、大学に行っていること前提の近況報告を強いた。

　私はシュンペーを待つ間に、嘘をいくつか考えていた。

「海外に留学しててこれから日本の大学に通うんだ」とか、「ちょっと高校のときに病気しちゃって」とか。後者はあながち間違いでもなかったが、こちらを見つめるシユンペーのきらきらした瞳が眩《まぶ》し過ぎて、私は嘘を吐く気が失せた。どうせ嘘を吐いたところで、得るものは何もないし、私にはもう失うものもないのだ。

あのね、シュンペー。かつてキミが憧れていた私は、もうこの世にいないことを知ってほしい。

私はそんな気持ちで、投げやりに、我ながら複雑なここ数年の近況を報告した。

「中学受験して入ったとこの高等部には行かなかった。人間関係とか面倒くさくて、家の中もごたごたしてたし、うつになった。で、都立高校に移ったけど、やっぱそもそも学校っていうシステム自体が自分に合わないって気が付いて、そこも一か月で退学した。その後、十六のときに高卒認定取って、十八になった年にすぐ大学受験しようかと思ったんだけど、まあ親と色々あって受験ノイローゼみたいになって、今年までもつれ込んでる感じ。以上」

「そうなんだ……」

案の定、シュンペーは驚いたような表情をしてくれたので、私はいい気味だと思った。それから、シュンペーとも仲の良かった弟のことを聞かれたので、大学に入ったことは知っているが、もう長らく会っていないことを淡々と伝えた。

シュンペーは少し残念そうにしていたが、私はさも何事もなかったかのように、

「シュンペーは？」と彼の近況を聞いた。

「俺はね、中学までは順調だったんだけど、高校上がったときに中だるみしちゃってさ。結局現役で大学受験失敗しちゃったし、多浪して今の大学入ったんだけど、それも第一志望じゃないよ。ま、人生なんてそんなもんだよね」

シュンペーは自分の近況をひとしきり話し終えると、「そっか、高卒認定か……」とつぶやいた。

「俺、高二ぐらいのとき、学校行きたくない時期があってさ。部活……サッカー部入ってたんだけど、先輩から理不尽なことでいじめられて、不登校気味になって人間関係も勉強もぐだぐだになっちゃって。なんか馬鹿らしいから、高校やめて高卒認定で大学に行きたいって親に言ったんだけど、許してくれなかったんだ。早乙女の親、よく許してくれたね」

「シュンペーは、親に何て言われたの？」

「高卒認定なんか取っても、いい大学行けるわけないだろ、フツウに高校ちゃんと通って卒業しろって。あっ、ごめん。早乙女これから受験なのに……」

「いや、いいよ。そのセリフ、親にも死ぬほど言われてきたから」

「でもさ、高校に三年間通うことが大学に行かしてくれるわけじゃないだろ、変な話。

本番の試験で合格ライン以上の点数をとれば、高校行ってようが行ってまいが合格できるじゃんか。だからとにかく高校に三年間通うことが当たり前でフツウで正義みたいなそういう感覚、俺、嫌いで……」

それから、シュンペーは真正面から私の瞳を捉えて言った。

「俺、早乙女なら絶対合格できると思う。だって、小学生のときあんなにすごかったんだもん」

「いつの話だよ」

「それに、高校やめるっていう選択肢、フツウの人はできないって。俺なんて母さんに反対されてぽっきり折れて、結局惰性で高校生活やって浪人までしたけど、やっぱ後悔してるもん。うん、行動力やばいよ。人生五周目ぐらいの行動力！　俺、今までの人生でも早乙女よりすげー奴知らないし」

興奮したのか、段々と声がデカくなり、前のめりになってきたシュンペーの耳たぶには、大きなピアス穴があった。そういえば、小学生の頃は、女の子みたいと言われているのを気にしていた彼だが、その片鱗はもうあまり残っていない。面影は長いまつ毛と、細く綺麗な形をした指だけだ。彼もきっと、今までの人生の中でつらいことや苦しいことがたくさんあって、それを乗り越えるために、少しずつ世間の毒に慣れ、耐性をつけ、適応するための変化をしてきたのだろう。ごついピアスの穴もきっと、社会で生存するための、彼なりの進化なのかもしれない。

「どっかの大学入ったら、めっちゃすごいことしてテレビに出てよ。俺、周りに自慢するから。そーだ、就活で尊敬している人は誰かって面接官に聞かれたら早乙女って言うね」

「あほか」

　期待されるのはもう御免のはずだったのに、光が差し込み始めた人生の中では、それは追い風になっていた。というよりも、シュンペーの期待の仕方があまりにもスケールがデカく無責任だったので、真に受けるのがバカらしくて笑えてきてしまったのだ。

　だが、ふと思い直してみれば、母の期待に対してもこれぐらい適当で良かったのだ、私は。母の私に対する過剰な期待もシュンペーのそれと同じくらいどうでもよくて、他者からの無責任な願望にすぎない。自分の人生の舵《かじ》を握るのは自分だ。だから、外野からの声は、親からであろうが、それ以外の人間からであろうが、等しく無意味で真に受ける必要などない。最終的な選択をして人生の航路を切り開いていくのは、いつだって自分自身なのだ。母からの期待もしょせんは期待で、娘としてその全てに応えなければいけないという義務の意識が、いつだって私を苦しめてきた。だから、これぐらい適当に受け流せる私でよかったのだ。

　母にとっては二周目の人生のつもりだったのかもしれないが、私にとっては他でもない、一周目の、これっきりの自分なのだから。


　ファミレスでだべり終えた私たちは、新宿から電車に乗って一緒に帰った。やや混雑していた電車の中で、シュンペーは私に問いかけた。

「早乙女の今の将来の夢は？」

「まだ分かんないけど、勉強したいことを探しに大学に行くよ」

「そうだよな。大学って、そういうもんだよな」

「じゃあシュンペーの今の夢は？」

　シュンペーは少し考え込んで答えた。

「……はは、俺は……就活対策で自己分析やらなんやらしているうちに、自分の本当になりたいものが分からなくなっちゃった。今はとりあえず、第一希望のカード会社から内定貰うことかな、情けないけど」

「現実的で立派じゃんか」

「でも、小学校の卒業アルバムの将来の夢に『カード会社職員』とか絶対書かないじゃん。はあ、これが大人になるってことなんだろうけど」

シュンペーのしょんぼりとした声が、電車の中に缶詰になっている人たちの分厚い衣類に吸われていく。

果たして、人生を通じてずっと同じ夢を見続けられる人は、どれくらいいるのだろうか。私が小学生のちょうど中学受験前頃に描いていた理想の将来は、中学受験に成功して付属の高校を一番で卒業し、東大に入ってバリバリと社会で働くことだった。

まあ早くも三年後にこの夢が崩れ始めるのだが、今はこの人生で良かったと思っている。この世のどうしようもなさを知って、そんな、ままならない世界の中で出会えた人たちがいるのだから。

互いの家の近くの大きな交差点で私たちは別れた。少し進んだ先で、シュンペーは思い出したかのように叫んだ。

「志望校とかあえて聞かないけど、模試、頑張れよー」

ヘッドライトを照らす車がびゅんびゅんと行きかう中、私も負けじと「お前も就活頑張れよー」と叫んだ。

家に着くと、日付が変わるか変わらないかの時刻を回っていたと思う。久々に人と長時間喋って程よく疲れていたので、すぐに風呂に入った。

湯船の中で、シュンペーの言葉を思い出し、シュンペーに再会できた僥倖《ぎょうこう》を噛み締めた。


年明けに、いよいよ私の大学受験が始まった。

センター試験の会場は、私より何歳も若い生徒たちで溢れかえっていた。高校の制服を着ている子や、有名予備校のロゴがプリントされた手ぬぐいを持っている子たちが、参考書を眺める視界の隅でちらついている。

試験開始の合図とともに、素早く問題用紙をめくる。私は神経を研ぎ澄ませ、マークシートを塗り潰した。分からない問題があっても、吸って、吐いて、深呼吸。

昼休みは張り詰めた会場の空気に耐えきれず、外へ出た。スマホの電源を入れると、兄から今たまたま試験会場の近くまで来ているという連絡が入っていた。兄の大学もセンター試験の会場になっており、在学生出禁につき、どうやら暇を持て余していたらしい。

会場付近のファミレスで落ち合うと、がっつりセンター試験の参考書を持っている兄が四人掛けのボックス席に座っていて、思わず吹き出してしまった。

注文したハンバーグ定食を口に運びながら、兄と口頭で基礎知識の確認をする。

「もう大丈夫、俺が教えることはない！」

昼休みが終わる十五分前、そう背中を押されて、私は会場に戻った。

誰かに必要とされたくて、他者との関わりを求めて、ラブホのベッドの上で素っ裸に放り出されていた私は、気が付けばたくさんの人とつながっていた。

そして、今までの空白の数年間が何事もなかったかのように、私は鮮やかな受験会場の景色に溶け込んでいた。

死んで花実が咲くものか

中卒フリーターは、それなりに勉強した結果、当初目標にしていた「それなりの大学」にいくつか合格することができた。

最初の大学の合格発表の日、私はどえらい緊張していて、発表の時間を二時間過ぎても合否を確認することができなかった。

薄暗い部屋の中で布団をかぶりながら、シュンペーの顔を思い出した。「早乙女なら絶対受かるって」。そう信じてくれている人がいる。それに、片倉さん。いつでも私の全てを受け止め、見守ってくれる存在がいる。

ようやく覚悟を決めた私は、スマホで合否案内の画面を開き、深呼吸。受験番号と誕生日を入力したら、合格という赤い文字と、桜の絵が出てきた。久しぶりに何かを成し遂げたという喜びに、涙が零れた。

まずは片倉さんに報告したが、勤務時間中だったのでメッセージを残しておいた。

次に、気は進まなかったが、いちおう母親に伝えることにした。

すると、「高校行かなくても、本当に大学って合格できるんだねぇ〜」と厭味ったらしい感想を頂戴した。母が素直に私の努力を認めてくれなかったことにムカついたので、「何で上から目線なんだよバーカ！」と電話口で怒鳴り、スマホをベッドにぶん投げた。

ただ、しばらくして冷静になると、大学進学には母親の協力が不可欠であることを思い出した。入学金に関しては中卒フリーター時代の貯蓄があるものの、前期の授業料はさすがに手助けがないと納付が厳しい額だった。

そのため、私は先程の無礼極まりない発言を撤回し、母の住むマンションを訪れた。そして、過去に数年住んでいた家の、見慣れた玄関の土間で、香箱に収まりそうなほど真四角で綺麗な土下座をした。

「最初の授業料分だけお金を都合してください」

そんな娘に、母は黙って通帳を差し出した。恐る恐るそれを開くと、なんとその口座は私の名義で、百万円という数字が刻まれていた。母が私の幼少期から貯金していた口座らしい。母は「本当は大学卒業して結婚でもしたら使ってほしいお金だったのに」と口を尖らせた。

「きょうだい三人もいるんだから、これ以上お金出せないよ。もうアテにしないでね」

辛辣な一言の裏に垣間見えた、母の最後の優しさに涙した。


複数の大学に合格した私は、東京理科大学に進学した。大学入学前に人並みに浮かれてうっかりフェイスブックアカウントなど作ってしまったのだが、過去の電話帳から勝手に「知り合いですか？」と表示されていた中学の同級生たちは、有名な企業に就職したり、小学校の知り合いでは既に子どもがいたりした。

見えなくてもいいものを可視化してしまう装置は恐ろしい。他人の人生と自分のそれを比較したところでどうにかなるもんでもないし、自分には自分の人生のテンポがあるのだ。それに気づかず、他人の人生ばかりを眺めていると、夕子のように自分を見失って、足取りが狂っていく。

早くも私を発見した過去の知り合いたち（マジで暇なの？）からは「今何してるの〜？」と続々メッセージが届いたが、全てを断ち切るように、速攻でアカウントを削除した。


元中卒フリーターの私は、桜が満開の四月某日、東京・九段下は日本武道館の前でスーツを着て立っていた。

　式中のことはよく覚えていない。ただ、きゃあきゃあと耳をつんざく騒ぎ声が不愉快で、式の間はスーツを着崩し、ヒールをぽいと脱ぎ捨て、足を組んで大好きな芥川全集を読んでいた。社会に迎合する気はサラサラないという、こういう斜に構えた態度が、やはり未だに人から反感を買うのだが、私はもう、これでいい。人とつながるために自分を偽りたくはない。偽らない自分に近づいてきた人とつながるのだ。

　入学式を終えると、その足で神楽坂の焼き肉屋に立ち寄った。スーツ姿のまま、肉汁が飛び散ってもお構いなしで、豪快に食事を続ける。長ったらしい髪をキッと結いあげて、カルビと豚トロをたらふく食った。

　そのとき店から見えた、外堀通りの桜並木が美しくて、「生きててよかったな」と生まれて初めて思った。

　この日私は、精神科で出会ったマスミちゃんの言葉の真意に、ようやくたどり着いた。あの飛び降り自殺のときに致命傷を負っていたら、私はきっと大学受験なんてする気にならなかっただろうし、そもそもバイトをすることすらままならず、大学受験や人生と向き合うきっかけをくれた片倉さんにも出会っていなかっただろう。死んで花実が咲くものか。

だからと言って、私は自分の人生の過程を美談として終わらせるつもりはない。母親にされてきた過剰で抑圧的な教育を一生許さないだろう。もちろん、それを途中まで真に受けて、母の価値基準に従えなくなった自分をそれでいいと正当化できなかった私自身も、愚かで、浅はかで、どうしようもない子どもだったと思っている。

しかし、母のその教育方針の根幹には、酒を飲み暴力を振るう夫の存在や、自身が女の負け組と後ろ指さされ、味わってきたコンプレックスがあった。過度な教育は、子どもを自分と同じ目に遭わせまいとした、いわば母の親心で、それが歪んでしまっただけなのかもしれない。

つまり、母は加害者である前に、被害者でもあったのだ。もちろん、父についても、同様のことが言える。本当は親どころか誰かの夫になる自信すらなかったのに、独身でいることを両親が、世間が許さなかったのだろう。「男は所帯を持って一人前」という社会の目が重圧になって、若き日の父を酒に追いやったのかもしれない。

ままならないこの世界に住む私たちは、誰もが加害者であり、被害者なのだ。そう思うだけで、世界を少し優しく見つめることができるようになる。

母は、私がニートやらフリーターやらをしている時期にも、生活費を出してくれていた。アパートに住んでいる間は、その家賃も出してくれていた。親から受けた恩はいつまで有効なのか、今の私にもよく分からない。しかし、せめて恩を受けたと感じた分だけには、きちっと報いようと考えた。そうでもないと、父の暴力に耐えながら、血を吐く思いで子どもを育てた母が報われないだろう。

許せないところは無理に許さなくていい。家族だからといって、百パーセント分かり合う必要はないし、好きになる必要もない。

だから、親の許せないところからはある程度距離を取り、自分が返す必要があると思っている恩だけを淡々と返していく。そうすることで、親不孝の後ろめたさもなく、多少なりともポジティブに生きられるのではないか。

少なくとも私にとってはそれが一番心地よく、二十数年という短い人生の中で導き出した最適解だった。

そんなことを考えながら、風に煽られて桜が散っていくのを、私は目を細めて眺めた。とりあえず、ここで人生一区切り。

元中卒フリーターのその後

東京理科大学に進学した私は、二年次在学中に別の大学の編入学試験を受験し、合格した。兄に憧れて中途半端に理工系の大学に入ったのだが、こうした自身の半生を思い返すたび、自分が女として未解決の問題を抱えていることを悟り、ジェンダーを学んでみようと思い直したのだった。

しかしその後、進学先の大学で思うような指導が得られないハプニングに見舞われ、もう一度別の大学の編入試験を受験することにした。そして二〇一九年、関西唯一の国立女子大である奈良女子大学に落ち着き、この本を執筆している現在、在学中である。

このようにコロコロと所属を変えているわけで、お堅～い人からは落ち着きがないと評されるだろうし、実際に母親からはたくさんのお小言を頂戴している。

奈良女子大学の入学式の日、着物を着るために奈良のとある着付け屋を訪れた。

古民家のインターフォンに向かって「早乙女ですけど」と名乗ると、「お待ちしておりましたぁ」と、和モダンな服装でいかにも芸術センスがありそうな、エレガントな雰囲気のオーナーさんが現れた。

たくさんの着物が用意されている和室に通され、その日にレンタルする着物を選ぶ。時間もないので、さっそく洋服を脱いで着付けを開始してもらった。鏡を前に、オーナーさんと世間話をしながら、私の身を装飾するパーツが少しずつ増えていく。

「入学式で着物着る人なんていないでしょ。絶対に目立つわよ、かわいいもん」

「はは、そうですね。実は大学、ここで三つ目なんですよ。もうスーツも飽きたし、今回は着物にしようと思って……」

「あらあ、そうなの？」

それから何となく、自分の生い立ちを話し始めてしまった。オーナーさんは黙って私の話を聞きながら、手を動かしてくれた。

「私、無理なんです。なんか、自分が無理だと思ったら、本当にその場所を拒絶してしまうんです。だから色んなところを途中でやめちゃって、人生で中退四回もしているし、バイトも二十個ぐらいとっかえひっかえしました。母親からは『イヤなことがあったらすぐ逃げ出す』とか、『根気がない』とか批判されましたけどね、はは」
突っ込みが入る前に牽制《けんせい》で自嘲気味に笑う癖がついた私。大学に入ってすぐ、美容室の世間話で色々聞かれて、色々馬鹿正直に身の上話をしてしまったことがある。同じように今までの人生を簡単に語ったら、自分よりも少し若いか同じぐらいの年の美容師に「そうですねぇ！　フツウだったら就職してるのにヤバいっすねぇ！」と豪快に笑いながら言われ、シャンプーする直前の髪が濡れた状態でブチ切れて帰ったことがあった。

　人に指摘されるとそれはそれで腹が立つ。だけど、若いなりにそこそこ経験を積んでちょっと器用になった私は、先に自嘲しておけば、自分が傷つかないということを覚えたのだった。さあ、馬鹿にされる準備はできたぞ、ばっちこい。

　だが、私が想定していた反応は返って来なかった。オーナーさんはきわめて平然として、鏡越しに私の顔を見ながら言った。

「無理でいいじゃん。逃げて悪いことなんかないじゃん。だって、自分が自分らしく楽しく生きることが、人生の最優先事項だもん。自分に一番居心地のいい場所を見つけようとしているために試行錯誤しているあなたは、何も間違ってないわ」

　まさか初対面で私の人生を全肯定してくれる人がこの世にいるとは思わなかったの

で、心の中では驚きで背面からひっくり返っていた。まあ私は客だし、リップサービスなのだろうと思ったが、先の美容室でのことを思い出すと、それでも嬉しかった。

オーナーさんはもともと美容師をしていたが、着物に憧れをもち、奈良に来て着付け屋を開いて三年。実家はかなりお堅い家系のようで、大学に行かず美容系の専門学校への進学を希望したときには、相当両親と揉めたという。

「さ、行ってらっしゃい」

着付けを終えると、オーナーさんは笑顔で私を送り出した。

きっと、この世の誰もが、なりたい自分になるためにもがいたことがあったり、今もがいている真っ最中だったりするのだと思う。街中を歩いていると、すれ違う人々は自分よりもフツウの人で、フツウの生活を送っていて、フツウに幸せなのだろうと錯覚させられるが、実はそんな「フツウ」な人間はこの世に一人もいない。みんな少なからず、闇やトラウマ、古傷を抱えて生きている。人生の道中で多くの出会いがあり、そのことに気づかされてきた。

最近も、それを感じさせられる出会いがあった。

本書はもともと、同タイトルで運営していた私のブログ記事をベースに、二〇一八年秋、私がAmazon Kindleにてダイレクト・パブリッシングしたものであった（元の電子版は現在非公開になっています。持っている人はラッキーってことで）。自分でも驚くほどの反響があり、読者の方から多くの感想を頂いていた。

ある日、都内国立大学工学部の男子大学生を名乗る人物からメールが来た。

いつものようにブログか本の感想メールかと思って読み進めると、ブログを初期の頃からずっと見ている古参で、とにかく私に会ってみたい、謝礼も払うし食事代も持つから一緒にご飯に行かないか、との誘いだった。

正直なところ面喰らって警戒したが、メールのやり取りを進めていくうちに、どうも冷やかしではないような真摯さだったので、大学の夏休みに奈良から東京へ帰省した際に会うことにした（さすがに謝礼は受け取らなかったが）。

彼は会うときに山中という本名を明かしてくれた。

銀座で待ち合わせて、とある店でスペイン料理を一緒に食べながら話をしてみると、彼はネット上のあらゆるブログを読むのが趣味で、私にシンパシーを感じてはてなブログ時代から私のブログを見ていてくれたらしい（最初期、はてなブログで運営していた。現在は他サーバーに移転している）。

「やっぱり、早乙女さんのブログは他の人のと違うんです。経験の重みが違います」

さて、この山中さんだが、私はメールを貰った時点から都内国立大学工学部という名乗りが非常に引っかかっていて、それとなく尋ねてみた（だって、都内の国立の工学部って、東大と東工大と東京農工ぐらいでしょ……）。

そうしたら案の定「あー、はい、文京区にあります！」と言われた。東大じゃねーか！

さらに話していくうちに、彼が私にシンパシーを感じた理由が浮き彫りになっていった。

山中さんは中学生のときにアトピー性皮膚炎が原因で、すれ違う女子から見た目に関する暴言を吐かれるなど、簡単に言えば嫌がらせに遭っていた。本人曰く、そのせいで卑屈な性格になってしまい、最終的に教師からも愛想を尽かされる羽目になったという。

そして、高校受験して私立の高校に進学したが、学校への不信感もあり、教科書に書かれていることが全て嘘に思えて中退した。その後高卒認定を取得し、自衛官に憧れて防衛大学校に進学。しかし、肩を壊してしまったせいで防衛大を中退し、今度は東大に入学したという経歴だ。

会う直前のメールで「容姿には自信ないんです……」と言っていた山中さんだが、

普通にマッチョでイケてるナイスガイだったので、このとき私が疑問に思っていた事柄が全てつながった。

容姿に自信がないのは過去の嫌な経験のせい、謎にマッチョ（超失礼）なのは元防衛大生だったから……。

「……いや、情報量多過ぎるでしょ！」

「いやいや、早乙女さんに比べたら……」

「いやいやいや！」

もはや何の譲り合いなのかも不明であるが、とにかく、私と似たような経験をしている人はいるものだということが分かり、胸の中身が軽くなった。

山中さんも私のブログを読んで、ずっとそう思ってくれていたようだった。今までどんな人とも分かち合うことができなかった感情を、この日初めて山中さんと共有できたのだ。

それも、全ては勇気をもって自身の人生を明け透けに書き続けたおかげだった。実は、私は中卒フリーター時代から既にエッセイや小説を執筆していて、ちょっとした賞を貰ったり、雑誌や新聞に掲載されたりすることが何度かあった。だが、今振り返ると、私はいつも、この本に書いたような自分の「核」の部分を隠していた。繊細で綺麗な自分を表現することに徹底していて、ままならない社会への怒りとか、自分の人生を取り巻いてきたものに対する恨みとか、ネガティブな感情を書くことを避けてきた。だから、書いたものがどんなに他者から称賛を受けても、何だか嘘っぽちな気がして、素直に喜べなかったのだ。

　自分の過去の汚点を公表するのは、怖い。

　Kindle版を出したときも多少叩かれた。具体的には、「悪事を働いて開き直ってんじゃねーよブス」「それだけ人に迷惑かけといてよく本出せるなブス」みたいなことを言われた（うるせーよ、確実にお前には迷惑かけてねーわ。つか顔出ししてないのに何でブスって分かんだよ）。

　だが、そういう賛否両論あるような、他人の人間らしい部分が克明に描かれたものを、人はお金を出して読みたいのではないかと思う。だって、結局はそういったグロテスクなものが一番、綺麗に作られた無機的な物語よりも、有機的で、自分の人生の肥料になるんだもの。

　あと、「もっとひどい毒親もいる、それぐらいで甘えるなブス」的な意見もアマゾンレビューかどっかに書かれたのだが（だからブスってなぜ分かる？）、私はそういう毒親界の謎のマウントみたいなものに参加する気はさらさらない。

不幸マウンティングをしている人間は、いつまでも自身の人生が上手くいかない言い訳をしたいだけで、そうすることでしか自身の人生に折り合いが付けられない人種なのだ。私はそういう人たちと同じ土俵には上がりたくない。

そんなことをするぐらいだったら、自分がもがいた経験をこうして本にする。別にそれが誰かの救いになってほしいなどと傲慢なことは思わないけれど、ネットの隅っこで不幸マウンティングしているよりは、よっぽど生産的じゃない？

でも本書がもしも、誰かが明日生きていくための糧になったのなら、私のこれまでの無秩序でカオスな人生にも意味があったのだと思える。

まあ、未だに異性との性的接触は苦手だし、すぐ人と揉めてあちこちのコミュニティをジプシーするし、そのおかげで人間関係グズグズだし、兄以外の家族との関係だってこじれたままだし、奨学金返済しないといけないし、つか兄に借りた十万円すら返してないし、まだまだ未解決なことだらけの人生だけど。

最後にひとつ。人間いかなるときも、気安く人前でパンツを脱いではいけません。

売ってもいけません。

私は大きな事件に巻き込まれずに済んだが、それはあくまで結果論である。最悪、トラブルに巻き込まれて命を失うこともあるかもしれない、危険な行為で、私自身も恐ろしいことをしたと未だに思っている。

あなたの大切な人のため、そしてあなた自身のために、人間どんな状況に置かれても、心は錦で、腰にパンツは、はいておけ。

※1（P54）診断された病名に関してはあくまでも一例です。医師や医療機関によって診断が異なる場合もあります。

※2（P93）薬断ちは危険な行為ですので真似しないでください。

本書はブログ連載をベースにAmazon Kindleでダイレクト・パブリッシングしたものに加筆修正を施したものです。

〈著者紹介〉
早乙女かな子　東京都出身。年齢非公表。東京都内の私立中高一貫校に入学。中学三年生の時に退学。都立高校に進学するも一か月で退学。十六歳で高卒認定試験に合格し、その後フリーターをしながら執筆活動をする。二十代前半、東京理科大学に進学。その後、奈良女子大学に編入学し、現在在学中。

パンツははいておけ
中卒フリーターが大学進学した話
2020年2月20日　第1刷発行

著　者　早乙女かな子
発行人　見城 徹
編集人　菊地朱雅子
編集者　有馬大樹

発行所　株式会社 幻冬舎
〒151-0051　東京都渋谷区千駄ヶ谷4-9-7

電話:03(5411)6211(編集)
03(5411)6222(営業)
振替:00120-8-767643
印刷・製本所:株式会社 光邦

検印廃止

ISBN978-4-344-03571-3 C0095
幻冬舎ホームページアドレス　https://www.gentosha.co.jp/

この本に関するご意見・ご感想をメールでお寄せいただく場合は、
comment@gentosha.co.jpまで。